无论如何，在天涯处的梦醒时分，都是一份奢侈的惊喜。

人生苦短，难道还要浪费掉每一圈被生活禁锢的年轮，在孤独中害怕，在人群中虚假。抛下一切矜持吧，就来一场肆无忌惮的闯荡！

不过，最好在出发之前，享受一下这里记录的每一次感动，你会爱上所有在路上相遇的美丽，以及那个在美丽中漂流的灵魂。

颠沛流离的美丽

芮欢欢 著

电子工业出版社
Publishing House of Electronics Industry
北京·BEIJING

内 容 简 介

一本告别现实、寻求自我的环欧穷游记。作者用风趣的语言讲述了自己带着电饭锅独自一人踏上巴尔干的土地，这一走就是90天。

旅行也许本身就是一场随意的幸福。从北欧到南欧的马耳他、意大利、西班牙，邂逅了那些岁月沉淀下来的文艺之美，终于走到了心中向往已久的巴塞罗那……

图书在版编目（CIP）数据

颠沛流离的美丽/芮欢欢著. —北京：电子工业出版社，2015.11

ISBN 978-7-121-27151-9

Ⅰ．①颠… Ⅱ．①芮… Ⅲ．①游记－作品集－中国－当代 Ⅳ．①I267.4

中国版本图书馆CIP数据核字（2015）第216094号

责任编辑：张 毅 zhangyi@phei.com.cn
印　　刷：中国电影出版社印刷厂
装　　订：中国电影出版社印刷厂
出版发行：电子工业出版社
　　　　　北京市海淀区万寿路 173 信箱　邮编　100036
开　　本：720×1000　1/16　印张：17.25　字数：269 千字
版　　次：2015 年 11 月第 1 版
印　　次：2015 年 11 月第 1 次印刷
定　　价：49.80 元

凡所购买电子工业出版社图书有缺损问题，请向购买书店调换。若书店售缺，请与本社发行部联系，联系及邮购电话：（010）88254888。

质量投诉请发邮件至zlts@phei.com.cn，盗版侵权举报请发邮件至dbqq@phei.com.cn。

服务热线：（010）88258888。

自 序

　　"人生要有一次说走就走的旅行，和一次奋不顾身的爱情。"

　　2009 年我用这句流行语为自己的疯狂找了个借口，辞职周游世界，在南半球开始了一段放逐的青春。

　　旅行是一幕幕消逝的场景，一场场拼凑的片段，我忘不了那些擦肩而过的身影，消逝于视线的山川，留在遥远地平线的脚印……但无论当时的交织如何绚烂，我都只是个过客，旅行总有结束的一天，终究要回到属于平凡的日子。

　　回国后找工作一直不顺，HR 总是盯着你的空档期疑问：周游世界？这么不安分的员工怎能为企业踏实工作。终于凭着自己曾在世界 500 强大公司工作的老本儿在同行业找了份销售的工作。从上海来到北京，一切从头开始，上司永远不会把好的资源和机会给我，顾虑哪天我一拍屁股又辞职去环游世界了。

　　旅行是一剂毒品，让人上瘾。在新的工作中攒着各种假期，然后冲向遥远的地平线。在我不止一次的说走就走和奋不顾身之后，我盘算着自己的得失：内心的强大与平和，全世界各地的朋友，当然，同时也失去了升职加薪的机会。

旅行已经成为我生活的一部分，也许这种生活方式不被中国社会主流的价值观所认可。不管我跟周围有多么不搭，但在这个世界上的很多地方到处都有跟我相似的灵魂，在旅途中与我一见如故。

　　旅行是有代价的，自由的背后需要强大的内心去面对与社会的格格不入。当我迈出旅途的第一步时，就做好了承担一切后果的准备，为自己的人生买单。2012年，从事多年销售的我彻底断了自己的后路，开始了自己的创业生涯。我并不想要什么成功，只想要简单的生活，还有自由。从倒买倒卖的小生意，到兼职销售各种产品，过着四处打游击的自由职业者的生活。这种日子像极了我的旅行：今天不知道自己明天在哪里。我安于这种状态，并享受着。

　　一个姑娘家，放弃国际大外企的稳定工作和福利保障，自己辛苦创业，的确有点"吃饱饭没事干"的味道，父母至今还对此忧心忡忡，无奈于我的不可救药。在中国，只要你不按照一种既定的社会模式去生活，就会有人说你"不懂事""另类""不靠谱"，中国人大多是一个模子印出来的。

　　一个人埋头奋斗的日子，靠日益模糊的梦想支撑着前行，那是一段默默承受的时光，只剩隐忍。每当疲惫的时候，翻翻旅行时的照片，听听一首曾经伴随旅途的老歌，那些留在心中的感动和美好悄然浮现，如一种信仰，给我前行的动力。

　　已经数不清路过多少座城，看过多少座山，走过多少片海，见过多少个人，即使我现在可以随意去自己想去的地方，曾经那段辞职流浪南半球的旅程仍是生命中最快乐的记忆。那个时候，朴素的面容，青春的笑靥，口袋里没有几毛钱，对未来满怀期待，对外面的世界无限向往，青春激扬，豪情万丈，年少轻狂。旅行成了那段时期的绚烂点缀，熬夜查机票、收集旅行攻略时的兴奋，一次次抢到0元机票时的激动，想去认识志同道合的朋友时的渴望，游荡在异国他乡时的惬意，就连睡机场都是那么幸福。

　　这些年一直在埋头奋斗，拥有得越来越多，路走得越来越远，幸福感却越来越少。我总觉得缺了点什么东西，我开始看各种正能量的书，和有各种阅历的朋友聊天，苦想了很久，我才突然发现，我迷失了一颗朴素的心。

　　创业、赚钱、女老板的虚名、说走就走的旅行，这一切都不足以给人满足感。人不应该活在别人的认可中，为什么要为别人而活？也许只有强大与平淡的内心才能去驾驭越来越膨胀的外在，淡然去面对一次次得失和荣辱。

这些年一直忙忙碌碌的，我该停下来，静一静，想一想，听听自己内心最真实的声音。去陌生的国度吧，一个人游走，远离熟悉的一切，抛弃名利欲望，经历奔波的辛苦和流连美景的幸福，以触摸到最真实的自己。

2012年9月，我决定去远方旅行，目光依旧移向了欧洲。以前在欧洲旅行是看文化、艺术、建筑，风花雪月。今天，我只想去感受欧洲各国普通人的生活，我想这才是一个地方真正的灵魂所在。迷茫地望着偌大的欧洲地图，一个疯狂的想法冲进脑海，我把曾经战火纷飞的前南斯拉夫各国列入了主要目的地，我要去看看战争后的世界。

现在拿申根多次往返的签证可以免签巴尔干半岛的绝大多数国家，包括前南斯拉夫的一些国家。这让我做了个大胆的决定：向意大利大使馆申请了一年多次往返的申根旅游签证。

申根旅游签证是世界上最难申请的签证之一，通常只会按照你的实际旅行天数给予发放有效期和停留时间，而我一开口就要一年，签证官一定以为我疯了。

不知道意大利大使馆看了我要遨游欧洲各国的计划之后会不会相信我真的只是去旅游的，不知道自己能否顺利获得申根签证，不知道签证会给半年还是一年的有效期，不知道可以在欧洲停留的时间有多久，不知道我是否可以自由穿梭在申根国与非申根国之间，不知道前南斯拉夫那些国家会不会拒绝我入境……太多的未知，我喜欢这种心跳的感觉。

这一把，我赌赢了。

在离机票出发时间的前5天，我拿到了一年多次往返的个人申根旅游签证，我欣喜若狂地收拾完行李，来不及向朋友们告别，匆匆卷铺盖走人。

几天后，我背着电饭锅，带着榨菜和老干妈，把锅碗瓢盆塞进28寸的大箱子，拿着世界上最不好用的中国护照冲到欧洲，开始了一场不同于看风景的冒险，从夏日走到冬天，每天都不知道自己的下一站在哪里，这一走就是90天。

芮欢欢
2015年10月

那个在波黑
让我产生优越感的大妞

　　真能一直在路上不用发愁通过写稿、卖艺或代购赚路费的，要么是一路套间、大餐伺候着的富二代，要么是近乎乞讨样的穷游背包客，以上两种人，欢欢都不是。甚至于在"旅行婊"这个词兴起前，她已经很久没上路了，少了招人羡慕嫉妒恨的美景鸡汤，也没了想把她从朋友圈拉黑的同事。

　　欢欢也曾是一个朝九晚五的小白领，某一天辞去高薪的外企销售职位后，她就一个人绕着地球转啊转。当发现自己不可能既占旅行的便宜又同时拥有高品质的生活，既舍不得丢弃旅行积累的人脉和知识又不愿做个一路疲劳的职业旅行者时，她索性成立家公司，重燃事业心，做起了世界各国的旅游文化传播。她拿出压箱底的看家法宝——干销售的如簧巧舌和百折不挠的厚实脸皮，知名航空公司、大国的旅游局、连锁酒店集团……一家家进攻，一家家沦陷，最后都成了她的囊中之物。一切都水到渠成，一切都留给有准备的人。她如今也会借着考察调研市场之名，出去高规格地撒野了。

　　只是不知道现在的欢欢去旅行，会不会还有几年前我在萨拉热窝遇见她时那般的快意情仇、爱恨分明？如今有了明确出行目的的欢欢，是否还会在他的大箱子里搁上一口电饭锅？

　　是的，一口电饭锅。我是在波黑首都萨拉热窝初次见到这口电饭锅的，而它已经伴随着欢欢和她的故事，有着诸多城市的"不停邂逅"。那时，作为记者的我刚刚结束了威尼斯电影节的采访，游荡到巴尔干。那时的她，还是个无牵无挂的三无游民，而萨拉热窝，听起来怎么都是一个逼格高于东南亚、日韩、欧洲、美加、中东的非常规旅行目的地。而她，显然还没做好进入这块"血与蜜之地"的文化准备。

2012 年 10 月初，波黑，这个从前南斯拉夫分离出去后经历了最惨烈内战的国度，才刚刚对持多次往返申根签证的护照持有者开放 7 天免签，欢欢和我成为了率先尝试的小白鼠。素未谋面的她和我，分别从南部的黑山和东北侧的塞尔维亚进入波黑，我没被问半句就顺利入境，而她，却成了那个耽误全车其他乘客行程的讨厌鬼——被请下车去到边检站盘问了个够，这是赢弱的中国护照持有者常见的待遇。

说实话，欢欢在萨拉热窝的出现，曾剧烈地增加了我那自鸣得意的文青优越感。网络上那些好看的图片，是她认识这座城市、这个国度的全部信息来源——这里打过战，有过一部父辈爱看的电影，有几个清真寺和教堂好像有点名得去看看，至于保卫这座城市的瓦尔特究竟是一战、二战还是内战人物，无所谓——欢欢貌似也是那种为护照、相机内存卡和微博空间疯狂"集邮"的高级背包客，至多比那些失恋就奔西藏印度尼泊尔，甚至都不知道脚下城市名字的脆弱女性好一点。

欢欢很善于自嘲，并用赞美让我鸡犬升天，"认识你之后，我感觉自己以前走过的地方真是白去了，只是把网络上的照片变成自己的照片而已。"于是，带着些许鄙夷些许得意，我带她在城里有目的地逛着，见识了 U2 在《萨拉热窝小姐》MV 里那幅著名布标"Don't let them kill us（别让他们杀死我们）"，寻找那些炮弹在古建上绽开留下的"波斯尼亚玫瑰"，跟着经历过围城挨饿记忆的美女钻进机场地下的生命通道……

为了满足我的优越感，我带着欢欢去采访了 1995 年斯雷布雷尼察大屠杀的幸存者。欢欢在一旁听完那场惨案，沉默许久，即使晚上我们跟幸存者及其女友四人一道晚餐，她也一改往日的欢闹。而那座发生了欧洲 20 世纪最后一场大屠杀的小城斯雷布雷尼察，我也带着欢欢冲了过去。她目瞪口呆，简直不相信在如此发达和文明的欧罗巴，在几近 21 世纪的 1995 年，竟还能发生如此大规模种族灭绝的惨剧。又想到自己没法申请到塞尔维亚旅游签证而不能有一趟完整的巴尔干之行，她开始仇恨作为屠杀侩子手的塞族人。而对塞族又爱又恨的我，就得在接下来的波黑南部和克罗地亚行程中，竭力用历史事实扭转她对塞尔维亚和塞族的负面印象，用一站站发生过巷战的城池和一栋栋满目疮痍的建筑，证明前南内战各方其实都是荒谬透顶和失去理智的。"事不关己高高挂起的中国人，注定没多少人知道这场大屠杀。"当我们回到萨拉热窝的青旅，来自法国、西班牙的住客，在一番老套的"你从哪儿来？今天去了哪儿？"Hostel 式英语对话后，听到我们说起斯雷布雷尼察，一样一脸茫然，"那是哪里？发生过什么？"此间的悲剧，不止对于遥远的中国，对于近在咫尺的西欧，也一样是听过即忘的"国际新闻"，仿佛这块土地从来就不属于文明欧洲似的。

为了寻找反铁托的人，欢欢跟我流窜到了克罗地亚。我在突然来袭的寒流中病倒了，欢欢变魔术般从她的大箱子里掏出一口电饭锅，两双筷子，以及柴米油盐，做了一顿中餐安慰我这个病残之人，简直把我震惊了。一个在欧洲旅行三个月的人，居然不嫌麻烦带着 28 寸大箱子并背着锅碗瓢盆上路，还带着白衣飘飘的长裙和高跟鞋，彻底洗刷了我的三观。

和欢欢从萨格勒布的失恋博物馆分开各自旅行后，继续沉溺于内战历史和当代摇滚现场的我，心想这不过是个萍水相逢、Hello Goodbye 的姑娘，她曾经写过的游记估计也就只能骗骗刚入职场又不适应的年轻人，带上一两千美元辞职上路，没想到从他人转发的书摘和她自己的微博里，我发现了欢欢的思绪竟如此深邃，文字也非常漂亮。她描述梵高，"我超级喜欢的人，世界给了他冰冷的脸，他的内心却一直追赶着太阳。现在有多少人在快乐地吟唱 Starry Night，多少人在欣赏《鸢尾花》《星空》《向日葵》《麦田》的美，多少人在谈论遗作的天价，而多少人能够体会到他的忧郁和孤独？"而她更是旗帜鲜明地反对对将来毫无规划就冲动上路的念头，她记得那些旅途中几乎就快乞讨要饭的奇葩同伴，"大学生和毕业生磨练自己或许可以这么干，再大一点如果还想去长途旅行，请麻烦先去赚钱。"

所以，请相信这本书里的欢欢，她不是那种骗你 1000 欧元就能游荡欧洲好几个月的造梦者，不是靠炒股做基金就能享受精品酒店和米其林餐厅的暴发土豪，也不是以公司同业考察为名蹭旅游局行程的老江湖。她细腻而敏感，以纯真和勇敢的好奇心，去发现、凝视更多独属于她内心的风景。

现在，为探访太平洋小岛中的食人部落，她正在努力学习为自己充电。在我即将又消失于欧洲之前，她闯入我的屋子，搜刮走了一堆非常豆瓣的书和碟，作为交换，我这个半瓶醋的文青，收到了几件非常淘宝的衣物。

张海律

2015 年 10 月

那个在
波黑让我产
生优越感的大妞

目 录
Contents

罗马尼亚布加勒斯特火车站，开始了我的巴尔干之行

引 子

Introduction

　　"一个人去科索沃，你疯了！那里在打仗。"雅典，旅馆老板把他希腊男人特有的性感嘴唇张得大大的，诧异地瞪着我。

　　"不，科索沃战争早已经停止。"我拎着我的 28 寸大行李箱头也不回地走了。难以想象，希腊和科索沃不过相隔几百公里，这里的人居然认为那里还在打仗。

　　半个多月前我还没有想过一个人能到巴尔干半岛来，我喜欢这种惊喜，并小心翼翼地使用"巴尔干"这个词。这里很多人不愿意自己被称为"巴尔干人"，对他们来说巴尔干不仅是地理概念，更多的是政治概念，代表落后、战争、屠杀、种族冲突、欧洲的火药桶。

　　巴尔干半岛位于欧洲东南部，是通向东方的必经之路，兵家必争之地，长年战火纷飞。在斯拉夫语中巴尔干的意思是"山沟和山谷"，这里遍布崇山峻岭，河流纵横，面朝大海，背靠大山，世外桃源般的美景隐藏于世。

Part **1**

>>>GO 走进巴尔干

▼ 锡吉索拉小镇的红顶屋

颠沛流离
的美丽

无签证闯关

巴尔干半岛要和平真难。

千百年来各欧洲大国为争夺巴尔干的每寸土地而厮杀不休。萨拉热窝的枪声引发了第一次世界大战，第二次世界大战期间德国、意大利吞并了整个巴尔干，二战后美国和苏联又在此较量，铁托和斯大林争斗不休。1991年斯洛文尼亚的独立拉开了南斯拉夫四分五裂的序幕，克罗地亚、黑山前赴后继宣布独立，1992年开始4年的波黑内战毁掉了那里的一切，1999年科索沃战争中北约对南联盟进行了大规模空袭，直到2008年科索沃宣布独立后，这片土地才渐渐消停下来。

我暗自盘算着：4年没有听到巴尔干半岛战乱的消息，现在不去巴尔干旅行更待何时？巴尔干的和平可是千百年来屈指可数的，现在欧洲经济危机日益严重，没准儿什么时候巴尔干上空又会战火纷飞（我是不是太邪恶了？）。

入境意大利，在米兰邂逅时装周，小作停留后从米兰飞往罗马尼亚首都布加勒斯特。在飞往巴尔干的飞机上我开始心跳加速，舷窗外黑夜隐没了未知的世界，寂寥的星空中，我是天上唯一的亚洲面孔。这是一场未知的冒险，不知道等待我的会是什么。担心和惶恐最终没有抵挡住时差的催眠，直到飞机落地的撞击才将我唤醒。

随人群流动，摆渡车驶向灯火阑珊处，载着环游欧洲的梦。兴奋、激动、忐忑、期待，所有的一切在入境的边检处戛然而止。"为什么你没有罗马尼亚签证？对不起，你不能进入我们国家。"

是的，我没有罗马尼亚签证，罗马尼亚不是申根成员国，需要单独申请签证，且手续麻烦。但根据最新的罗马尼亚移民法规定，持有申根多次往返签证可以过境罗马尼亚，给予 5 天停留。这难不倒我，我立马把熟记在心的申根多次免签政策背给边检人员，等待着对方盖章放行。

边检人员紧锁眉头："对不起，我们没有免签的政策。"

思绪开始慌乱，难不成要出师未捷身先死，原机遣返？仅存在脑海里的那一丝理性突然灵光乍现，问题就出在"旅游"这个词上。按照西方人的思维，我如果告诉他们来罗马尼亚的目的是旅游，那么我就必须有旅游签证，而罗马尼亚可以免签的是过境签，是经过罗马尼亚去其他国家，路过此地而已，我应该说来这里的目的是"过境"而不是"旅游"。

我用最后一丝力气挤出看上去亲和的微笑，告诉边检人员：我要去保加利亚旅游，路过罗马尼亚，再从这里坐火车去保加利亚，之所以飞到罗马尼亚来，是因为机票便宜。

"请提供从罗马尼亚去保加利亚的火车票，如果没有，那么我不能让你入境。"

火车票？我连从罗马尼亚去保加利亚的火车在哪里都不知道，所有的得意扬扬在这一刻全部消失。

护照上那些花花绿绿的各国签证和进进出出的图章让边检人员决定网开一面，表示去请示一下领导，事情开始有了转机。几分钟后，如我意料之中带来了好消息：同意我入境。

"等等！"在边检人员准备朝我护照上盖章放行时，被我阻止下来，"我现在不入境了。"

对方一瞪眼，心里一定在想："小样儿，耍我？"

罗马尼亚免签的过境签时间只有 5 天，这 5 天是从你入境当天开始算，凌晨 1 点和晚上 23 点都算是同一天。此时时针指向 23 点，如果我再等一个小时入境，那就是明天进入罗马尼亚，就可以在这个国家多待上一天。

一番解释之后边检人员恍然大悟，想必她是第一次见到像我这样硬等到零点之后入境的人。谁叫咱中国护照出去旅行不容易，只能把各个国家的签证政策研究得比这些国家的边检人员还清楚才行，中国人的聪明才智在这里充分体现。

此时人群早已消散，入境大厅的长椅寥寥无几，很明显不欢迎人在此久留。我坦然坐下，拿出电脑和食物，做好了消磨时间的准备。

坐在这里可不安稳，几个警察过来轰人，被要求立刻入境不得停留，他们担心我坐在这里会捣乱，给他们添麻烦。拿出牛皮糖的精神跟他们周旋，初来乍到我还无法适应东欧人的英文，沟通颇为费劲。终于，警察理解了我是想在他们美丽的国家多旅行一天，他们不仅允许我坐在椅子上等，还拿出手机 Google 出罗马尼亚地图推荐我去哪里旅行，我用本子一一记下并做出感激涕零状，警察们心满意足地被我打发走了。

零点的钟声敲响，我走向入境处。罗马尼亚，巴尔干半岛，我来了！

▲ 罗马尼亚锡比乌小镇，日耳曼民族最集中的地方

吸血鬼城堡

　　火车一路往北，阳光穿过玻璃窗洒到我的身上，温暖而惬意。我呆呆地望着窗外，此时，我无力举起相机。相机能记录窗外有几座山，闪过房子的颜色，几条弯曲的河流，渐入初秋树林的斑驳色彩，却记录不了我内心触动到的思绪：半遮半掩在红红绿绿树林中的房屋是妻子盼着远方的归人，弯曲的河流在午后阳光下闪出的粼粼波光是战争后的安宁和祥和……我趴在火车的小桌板上，听铁轨发出有节奏的咔咔声，充斥在我的耳边，那是罗马尼亚的声音。

　　此刻我穿着漂亮精致的连衣裙，胸前挂着施华洛世奇的蓝色水晶，我看上去完全不像是个背包客或者流浪者，就是个典型的度假观光客。没错，也许只有这种装扮才能掩饰我自己。

　　越掩饰的东西，越是自己不愿意面对的东西，我不敢面对自己真实的身份：流浪者。"流浪"这个词对少年时代的人来说是潇洒和浪漫，我曾经多么迷恋于这个词的美好。可对经历多年职场洗礼的人来说，现在这个词则带有几分不负责任。是的，我不再年轻，身上有太多的寄托和牵绊，而我依然独自远行。

　　火车停过一个又一个车站，来来往往的人从我身边悄然而过，没有人留意到我眼睛里流露出的淡淡忧伤。莫名其妙伤感，是为了这绚烂的美丽，还是这片刻的自由？或许自己内心总有那么一片忧郁的底色。在底色之外，罗马尼亚秋日里的斑斓透满我盈眶的泪光。

▲ 锡吉索拉小镇有 1000 多年历史的钟楼

沿着逶迤连绵的山丘和风景如画的河流，到达了一个保存完好的中世纪小镇布拉索夫（Brasov），修道院、教堂、石板路，依稀可见曾经的繁荣。

拖着行李箱茫然地站在大街上，手上拿着写着旅馆地址的小本子，来来往往的车辆从身边经过，不知何去何从，直到一辆出租车在我身边停下。长期在北京打出租车的艰难锻炼了我敏捷的反应能力，立马塞箱子跳上车，走你。

司机有着一双忽闪忽闪的大眼睛，长长卷卷的睫毛，大概不到30岁的年纪，眼里透露出一份长辈似的慈爱。"今天是周日，我不上班，不做生意。我是个基督徒，今天去做礼拜，可以顺带送你去旅馆，你不用付钱。"

这是我生平第一次免费坐出租车，发生在我旅行的开始，一切是那么美好。我曾拿出5块钱试图作为小费塞给司机，结果他脸色大变，仿佛给钱就是羞辱了他。

旅馆在一座半遮半掩的小树林中，窗台繁花似锦，长满了葡萄藤、梨树的小院子中央摆放着怒放的月季，葱翠的草地没有太多修饰。院子里有一个尖角的小亭子，那是烧烤的地方，两个匈牙利人正在那里忙着，空气中弥漫着香肠的味道，耳边传来悠扬的东欧音乐。有美酒、有美食、有朋友、有音乐的日子，是我喜欢的简单的幸福。

这样的午后，适合拿本书暖暖地晒太阳。干脆哪里都不去，搬个凳子在阳台上坐了下来，翻开书页。一栋褐红色的房子，一个旅行之梦，掩映在千树梨花中，容纳了我的疲惫和安详。没有了昔日的豪情万丈，没有了对外面世界的惊喜和雀跃，繁华过尽，只有淡淡的平静。

闻名世界的吸血鬼城堡就在布拉索夫小镇，城堡的名字叫布朗。因为爱尔兰作家斯托克写了一部名为《德古拉》的小说，使得吸血鬼城堡闻名世界。人们更愿意相信这座城堡里住着吸血鬼，无数旅行者为了一探吸血鬼的神秘慕名而来。

这里原本是用来抵御土耳其人的防御工事，因为城堡的主人杀人无数，害怕有人来报复，便将城堡的大门改建成了城墙，欲进入城堡，只有到城堡南边，沿着上面扔下来的绳梯爬上去。

城堡的地势极为险要，它建在一个小山包上，背靠难以翻越的大山，俯

瞰山谷中穿行的大路，从路上经过的任何人都难逃城堡主人的眼睛。从一个狭小的石头楼梯钻进城堡，到处可见古代的长矛和盔甲、不同时代的火枪，使人不禁联想起城堡经历过的风风雨雨。

在城堡的角楼处是活动地板，是为了向闯入者泼热水而设计的。走廊外墙上都有射击孔，敌明我暗。有的房间没有窗户，光线幽暗，阴气森森。整个城堡如同一个严密的战斗堡垒，防御性做得滴水不漏，侵入者很难活着走出来。也许正是这精巧的防御性，侵入者被暗中击毙都未曾见过伤害他们的人，所以认为这是吸血鬼所干，使得这座城堡更加具有了传奇色彩。

离开布朗城堡时我在留言簿上写道："没想过有一天会来罗马尼亚，曾经不知这个国家在地图上哪个位置，命运总是鬼使神差。布拉索夫也许不会再来，布朗城堡也许不会再来，每段经历都是不可复制的，走过就不会再有，

▲ 锡吉索拉小镇的石板路

颠沛流离
的美丽

所以，珍惜现在。"

这一夜久久无法入眠，时差让我凌晨4点醒来。寂静的黑夜，不想开灯打破这份空灵，摸黑披了件大衣，光着脚丫走出房间。抬头那一刹那震撼住了我：浩瀚的苍穹笼罩头顶，星空从没有如此贴近，群星闪烁，有一颗星格外耀眼。

已经许久没有看到这样灿烂的星空，依稀的记忆是在新西兰的特卡波（Tekapo）湖边仰望南十字星空，体会自由与孤寂。再次站在这样寂静的星空下，插上耳机听着《夜空中最亮的星》："每当我找不到存在的意义，每当我迷失在黑夜里，夜空中最亮的星，请指引我靠近你……"

每个行者内心深处都有一个小小的角落，那是孤独的、柔软的、安宁的、可以包容一切的。旅途是否孤独不在于你是不是一个人在路上，当心中有一份淡淡的牵挂，无论走到哪里，都会有份温暖如影随形。

有幸，没有倒过来的时差让我见到了罗马尼亚最美丽的星空，这片星空成了初来欧洲的记忆。

走进
巴尔干

长眼睛的房子

罗马尼亚真不是个富裕的国家，从满大街的二手服装店就可得知。

我见过很多的二手用品店，卖生活用品的、卖电器的、卖手机电脑的，但二手服装店却是头一次见，在之后的欧洲其他国家也再没见过如此大规模的二手服装店。谁会去穿二手的衣服呢？

在经过第四家二手服装店时，我终于忍不住推开了门。

屋子里正在放一首我很喜欢的歌 *Somebody That I Used To Know*，墙上简陋地挂着几幅拜占庭风格的画，一排排的旧款衣服挤满了小屋，空隙处摆着的小装饰显示出店主对生活的小心思。小店老板告诉我，每天的服装成交量有几十件甚至上百件。二手的衣服从外套大衣，到 T 恤、毛衣应有尽有，甚至连二手内衣都有出售。衣服的质量很一般，有些衣服已经洗得变了形、起了球，价格十分低廉。

这座小城叫作锡比乌（Sibiu），是日耳曼民族最集中的地方。女人们身材高挑，曲线玲珑；男人们轮廓分明，略带几分野性。这里没有光鲜和时尚，石板路已经被千百年来的熙熙攘攘磨得光滑无比，经过风雨吹打的房屋略显几分破旧。几个世纪前这里就成为东西欧交流的中转站，以及贸易商旅必经之地。

锡比乌在这个世界上独一无二，满城长眼睛的房子成为一种标志。倾斜的屋顶在阳光下交织出片片阴影，瓦片屡经风霜已变成了暗红色，墙壁上积累的灰尘和青苔混杂在一起变成了点点斑痕。屋顶上开了两个窗户，像是眼睛的模样，窗户孔宛若人的眼珠。

颠沛流离
的美丽

  为什么家家户户的房子上会开一双"眼睛"？据说是用这些眼睛追随上帝走过的身影。罗马尼亚信奉东正教，深受希腊思想和东方文化的影响，锡比乌这座小城把东西方文化和艺术恰到好处地融合在一起，躲在门洞后已经褪色的壁画，蜿蜒小巷里一扇窗户边的雕刻，无不显露出昔日拜占庭帝国的风采。

  巴尔干半岛就是这样一个神奇的地方。东边的罗马尼亚、保加利亚、希腊主要信奉东正教，西边的克罗地亚、斯洛文尼亚主要信奉天主教，而奥斯曼帝国的入侵把伊斯兰教带到了巴尔干，于是这片神奇的土地上东正教、天主教、伊斯兰教同时并存，世界上再也找不到这样美妙的所在。

  步入一个外表普通的东正教堂，里面却装饰得精美无比。华丽的吊灯从十几米高的屋顶上长长垂落下来，五彩的油画生动立体，陈列的信物略显陈旧却不失贵气。朝拜的人们从步入教堂的那一刻一路虔诚地亲吻所有物品：陈列的十字架、玻璃、祭坛上的木头，还有画上耶稣的脚。

锡比乌的车牌号让我独自大笑："SB"开头,大街上一个个"SB"穿行而过,来来往往的人不知我为何而笑,没有人会关心一个外来闯入者。这里是罗马尼亚重要的汽车制造城市,工业发达。即使工业占这个城市很大比重,也看不到任何工业污染,更没有大烟筒吐着浓烟。

让我大爱的罗马尼亚小镇还有锡吉索拉(Sighisoara),依山傍水,坐落在一个山坳里。缓缓的山丘在不远处延展,静静的河水在脚下流淌,大自然勾勒出的曲线与古朴的小城所散发出的气息共同组成一个拥有独特魅力的世外桃源。

当教堂的钟声划破天际,我的心也随之雀跃。沿着残破的石板台阶拾级而上,斑驳的墙壁上映着淡淡的阳光,照得本是破败的墙更加突兀。我小心地一步步走上台阶,不知道穿过这扇门洞,那边是一个什么样的世界?

这里的日落有一种浑然天成的大气,磅礴而壮丽,让人安宁。当夕阳染红霜天,小城的轮廓倒映在水中,宛若一幅剪影画。蜿蜒的河流静静流淌,仿若小镇的脉搏。居民三三两两站在河里钓鱼,几个放学的孩童好奇地围观我,主动用英文跟我打招呼。

当地的居民会在院子里种上树木、花草,我尤其喜欢种在窗外的那一片向日葵。我傻傻地站在那里想:如果我有这样一栋房子,我要种上向日葵、薰衣草,还有麦子,推开窗户,就可以闻到花香,听到风吹麦浪的声音;屋子里,眼角的余光中,有个熟悉的身影,让我牵挂,让我觉得温暖。幸福就这么简单。

当夜幕降临,繁星闪烁,我在星空下喝酒听歌,把自己灌晕然后睡去,终于把时差倒了过来,却已到了离开罗马尼亚的日子。

颠沛流离
的美丽

锡比乌的车牌，以"SB"开头

▲ 锡吉索拉小镇的色彩

颠沛流离
的美丽

019

▲ 我在拍摄钟楼，别人在偷拍我

老太太的拥抱

蓝色的多瑙河把罗马尼亚和保加利亚一分为二，列车驶过多瑙河上这座欧洲最大的钢结构双层大桥就到了保加利亚境内。罗马尼亚边检人员在火车上查了我的护照很快盖了出境章，保加利亚边检又在火车上收了我的护照，很快给我免签了 90 天，我安静地坐在位子上爱咋地就咋地。

踏上世界上最绚烂的玫瑰盛开的国度，从鲁塞一路往东到瓦尔纳没有看到任何玫瑰的痕迹，哪怕是一片枯萎的玫瑰园。现在不是玫瑰盛开的季节，这里也不是玫瑰的种植产区。

保加利亚东临黑海，长长的海岸线、柔软的金色沙滩、低廉的物价，吸引着无数欧洲人来此度假。我驻足在一个叫作瓦尔纳的海边小镇，和酒店前台砍价不成，拎箱子走人。

我有的是时间，边走，边看，边找住宿，哪里吸引我就在哪里停留。误打误撞，找到一片别墅区，几乎没有客人入住，冷清至极。接待小屋的墙壁上挂着陈旧的列宁画像让人想起这里曾经也是个社会主义国家。老板是个极其豪爽的保加利亚女子，毫不犹豫地跟我说："那你就一个人住一栋别墅吧，20 欧元一晚。"成交！

这片别墅有独属于它的私人沙滩，我换上轻飘飘的裙子，端起相机，一双人字拖，绕过弯弯曲曲的楼梯而下，冲向沙滩。

▼ 有人从悬崖边失足落下身亡，便在落海的地方建了一个十字架纪念遇难者

第一次和黑海的相遇是那么尴尬：自己误闯了一个天体海滩，沙滩上全是一丝不挂的裸男裸女，有的翘着屁股趴在石头上晒太阳，有的四仰八叉地躺在沙滩上看书。

　　我掏出地图认真研究了一番，东部的海岸线除了沙滩以外，还有一些城堡废墟和海边悬崖，但交通却十分不方便，转几趟车不说，最近的公交也只到那附近几公里的地方。想象着咆哮的海水冲刷着雄伟的悬崖，荒废的城墙边夕阳西下，我便毫不犹豫地做了直闯悬崖的决定。

　　从瓦尔纳坐着公车摇摇晃晃两个小时到了另一个海边小镇转车，售票员比画着告诉我去海边悬崖的公车每天只有一趟，下午 3 点多出发，回来的公车则是在每天上午 10 点。那么意味着如果我要去海边悬崖，只能在荒凉的悬崖边过夜，第二天才能坐车回来。

　　半途而退，打道回府，我讨厌这样的挫败感。心有不甘地冒出一个念头：拦车！在新西兰独自旅行时就干过车匪路霸的行当，虽已很久不干，在逼上

▼ 美丽的黑海

颠沛流离
的美丽

梁山的时候还是可以重操旧业的。

行人寥寥无几的马路上，打听着石头海滩的方向。找了个面善的当地小伙，他居然说得一口流利的英文，我把自己的尴尬处境告诉了他。

小伙很是热心，用当地语言向周围的人帮我问这问那，最后他指着街边一对喝咖啡的老头儿老太太说："他们家就住在海边悬崖旁边，他们可以开车带你去。"

巨大的惊喜让我不知所措，还没准备去拦车，居然已经找到人开车带我去，对保加利亚的好感极度上升。

老太太扬起她干瘦的手掌，朝我示意。极好的保养显露出她的雍容，手上的戒指体现着她的精致，白发苍苍却依旧优雅万千。虽已年过70，身材却保持得很好，从背后看简直就以为是个妙龄少女，而老头子却已经大腹便便，行动有些吃力。

老头儿老太太都不会英文，今天一起出门兜风郊游，享受浪漫的二人时

◢黑海边晒太阳的人

光。他们比画着告诉我会路过一个海边的防御废墟，已经有5000多年的历史，会先在那里停车让我去参观。

如果不是遇到他们，我这辈子都不会踏上那片5000多年前建造的海边防御废墟，那是被世界遗忘的角落，独自守着那份宁静。站在三面环海的悬崖上，有一种人在天涯的感觉。这是陆地上突出去的一个角，三面环海，海边的断岩波澜壮阔，悬崖边白浪滔滔、碧波万顷。岸上一望无际的原野上扬起白色的风车，随着微风转动。蓝色的天与海，褐色的海岸，初秋金黄的杂草，临风摇曳的风车，在艳阳下构成了一幅壮观画卷。

古代的军事防御区里的城堡已经坍塌得看不出模样，只有一道道的战壕依稀还留存着历史的痕迹，坍倒的石块不知道多少人的血曾经流在那里。

三面环海的岩石边，风吹得头发乱舞，海水的蓝色延伸到天际。闭上眼睛，张开双臂，自由的幸福感把我包围。我已经完全进入旅行的状态，在这种状态里，"喂马，砍柴，环游世界，面朝大海春暖花开"。

我要去的海边悬崖离防御废墟不远，当汽车渐渐驶向悬崖，一种磅礴的气场压了过来，颇有几分澳大利亚大洋路的味道。饱受海风侵蚀的海边悬崖惊涛拍岸，大自然的鬼斧神工令人叹为观止。

老头儿行动略有不便，便中途下车回家。老太太把我载到目的地后一起陪我参观。她示意路不好走，要给我带路。

坑坑洼洼的大岩石布满了碎石和杂草，海水咆哮着冲击着海岸，洗刷得石壁磨去了棱角，光滑锃亮。老太太拉着我，找了块大石临海而坐，闭目养神，深呼吸，做起了瑜伽。

海边的路越走越艰难，老太太小心翼翼拉着我的手。那是一双略显干枯却很温暖的手，手上的温度通过接触传到我手心，直达我心里。这场景，让我想起小时候，母亲用这样的手牵着我。我对老太太说："你真像我的妈妈！"

这悬崖壮观而宁静，神秘且孤独。悬崖边有个石头围起来的小圈，里面插了个十字架。有人从这里掉了下去，生命在这里永逝。

日落时分，老太太开车把我送到了车站。分别时，老太太狠狠地给了我一个拥抱。我们说好了他们老两口儿来北京旅游时一定要来找我，但谁又知道会不会有那一天，这一别，也许就是永远。

颠沛流离
的美丽

▲ 黑海边，牵着我的手走在海边悬崖的老太太

搭黑车

面朝黑海，晨风徐徐，云雀欢唱，鲜花怒放。餐桌上摆着丰盛的早餐，面包、奶酪、当地特色的橄榄，还有我从国内背来的"老干妈"，美好的一天从这儿开始。

公车站，慢悠悠地等公车，在这里要习惯一切慢节奏。不时有私家车停下来询问我要不要拼车，在拒绝了三个询问者之后，终于忍不住搭理了一个面相和善的拉客者。从我在这个国家下火车那一刻起，就被拉客的司机们包围，这场景在欧洲并不多见，足以看出这个国家并不富裕，人们比较勤奋。此刻，很多富裕国家的欧洲人就知道喝酒、度假、晒太阳，等着拿政府的救济金。

拼车的车费比公车便宜1块钱，难怪这个国家的"黑车"如此猖獗，生意红火。搭"黑车"对独自旅行的人来说并不十分安全，我一向敬而远之，而在保加利亚，却有种莫名的信任和放松，也许是这个国度安逸祥和的氛围感染了我，

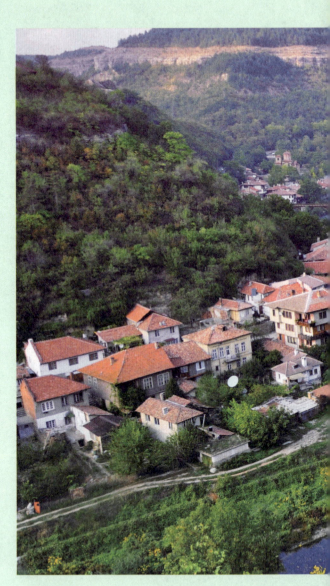

▼ 曾与君士坦丁堡齐名的城市：大特尔诺沃

从此开始了我的"黑车之旅"。

　　晃悠到一个叫作内塞巴尔（Nessebar）的海边古城，它被联合国教科文组织列入了世界文化遗产名录。那是在一个伸进海中的小岛上，岛和陆地间用一道几百米长的石堤相连，岛上的房子都是石头砌成的，弯弯曲曲的石板小巷交织在古城里，已经有 2000 多年历史，曾是古代的一个军事要塞。

　　岛上居民房屋的屋顶是红色的，整个古城宛如镶嵌在蔚蓝大海中的红宝石，明丽夺目。中世纪时，整个小岛周围以石头砌墙，如今很多已成为断壁残垣。

　　古城面积不大，一两个小时便可逛遍。小岛上布满大大小小的灰石与红砖相间的拱券式教堂，大多建于拜占庭时代。海边还有罗马人最钟爱的浴室、露天剧场，这些历经千年风雨的建筑，在蓝天碧海的映衬下，风采依然，引人遐思。

颠沛流离
的美丽

由于内塞巴尔太出名，无数人慕名而来，以至于这里游客如织，商家林立，古城的很多小街小巷已成了商业街，出售各种旅游纪念品，颇有如今中国丽江的味道。时不时一群群旅行团穿梭而过，导游拿着大喇叭用英文讲解每个废墟、教堂的历史和由来。我偶尔驻足，听听导游们的讲解，然后任凭想象。

　　我并不喜欢游客蜂拥而至的地方，想起当地人曾强烈推荐离这儿不远的一个叫作索佐波尔（Sozopol）的小镇，决定立马改变战略，说走就走。

　　"黑车"开路，随上随走，跟三个当地学生拼了一辆"黑车"，风风火火赶到当地人赞不绝口的海边小镇索佐波尔，下车的那一刻我就失魂落魄了，这是我迄今为止见过的最美的海边小镇之一，可以媲美澳大利亚的弗里曼特尔（Fremantle）。

　　这里距土耳其只有 100 多公里，曾历经奥斯曼帝国的入侵，那时这里

029

▲ 索佐波尔小镇，我在黑海边

一定是血流成河之地。时过境迁，如今变成了保加利亚"入侵"土耳其，相同的东西，土耳其的物价比保加利亚便宜很多，于是，边境上的居民们在周末开着车去土耳其采购生活用品，顺便再加个油，当地旅行社甚至还兴起了一日土国购物团。

索佐波尔整个小镇坐落在岩石之上，海边层层的大浪推向堤岸，扑向礁石的瞬间散开成巨大的浪花，海水咆哮着的岸边，沧海桑田。这里没有什么游客，只有当地居民的一两只猫靠在花丛边晒太阳。

穿行于各个时光流转的小巷之间，细碎的阳光散落满地的温柔，海风饱含着花香和草木的清甜气息扑面而来。小镇上高高低低的房子在明媚的阳光下低调朴实，错落有致，掩映在一片片的葱绿之中，与蔚蓝色的大海组成一幅和谐而美丽的画面。从临海的房子推窗而望，盛夏的繁花星星点点开放，海水的声音如一股吟唱的旋律缓缓流淌。

在这里似乎感觉不到时间的存在，阳光、海浪、礁石，慵懒而绚烂，任青春放任自由。即使这里的一切如此简朴，却是一个可以释放浪漫的地方，那是让人少有的安详。这里的人们捕鱼和酿酒，靠海而居，他们没有急功近利的赚钱欲望，没有出人头地的好强之心，简单而平静。在世界的另一边，我看到生活可以是这个样子。

直到天边最后一抹金色淡去，我才依依不舍地离开。"黑车"早就等在那里，一辆不错的宝来，三个当地姑娘，和我拼车北去。

保加利亚中部的大特尔诺沃又让我一见钟情，光这个名字就让人浮想联翩，中世纪时它仅次于君士坦丁堡，是巴尔干半岛的第二大城市。大特尔诺沃坐落在两座大山上，夹蜿蜒的峡谷，细长的河流。整个城市两面都围以城墙，地势险要，规模宏伟，整个古城的房屋依山而建，屋顶层层叠叠，隧道河流从山下横穿而过。这里的一切，让我舍不得离去。

索佐波尔海边小镇

误闯总统办公室

　　身穿传统军礼服的保加利亚卫兵，古典而帅气，头上插着的羽毛来自一种当地人崇拜的鸟类。红色的军上衣，前面一排排白色的装饰，紧身裤上套着靴子显得英气逼人。他们左手托住扛在左肩的带刺刀旧式礼仪枪，踏步时向前高高挥舞的右手握着空拳，迈着大步高昂地踢腿。

　　在欧洲的各国首都经常能看到这样的卫兵换岗仪式。不用说，眼前这栋不算大的行政楼一定有点来头，尽管它看上去普通得就如国内一栋居民楼，除了屋顶耀眼的国徽透露着一丝与众不同的气息，我实在很难把它与任何政治有关的东西联想在一起。

　　这里是保加利亚首都索非亚，为了去希腊我来这里转车。保加利亚不是申根国，和希腊之间尽管相邻却只有一天一趟的汽车和火车，还得严格检查护照和签证。

　　索非亚几乎看不到新的建筑，所有东西都上了年纪，时光的痕迹印刻在城市的每个角落。士兵换岗的院子大门敞开，无人把守，隐约可见院子里荒废已久的废墟，可随便出入，不时可见游客拿着相机在里面转悠。

　　走进院子，里面的废墟年代久远，残破不堪，难以看出曾经的原貌，它建于公元 2 世纪，废墟堆里有一座没有任何修饰的红砖教堂，保存完好。

　　我坐在废墟旁的石栏上暖暖地晒着太阳，9 月底的阳光那么热烈，刺在皮肤上让毛孔迅速张开。对于长途旅行的人来说，日光浴是最好的皮肤保养，晒得皮肤透出小麦色的光泽。

在这个国家旅行不用担心皮肤的护理，这里有全世界最好的玫瑰制成的护肤品。玫瑰水、玫瑰精油、玫瑰沐浴露等早就塞进了我的行李箱。保加利亚是世界上最大的玫瑰油生产和出口国，全世界制造香水和香精所用的玫瑰油有70％来自保加利亚。

和废墟的残破极不相称的是，它周围停满了豪华的奔驰车，车身擦得光亮耀眼，每辆车都保养得极好。我对此的理解是：这里可以免费停车，能在这满是古建筑的城市中心找到个免费车位真不容易。

豪华的奔驰车旁边三两个大汉懒懒地晒太阳聊天，不得不说，从罗马尼亚到保加利亚这一路人们的身材普遍高大，比起意法人民的身材要壮实很多。

汗水从毛孔里滴答而出，模糊了我的眼眶，我走进院子里的楼房乘凉，随着丝丝凉气而来的还有一股严肃。我看看自己的仪容，镶着蕾丝大花的连衣裙走在这办公楼里应该不失礼仪。

一个彪形大汉礼貌地请我出去，他告诉我此楼不许闲杂人等出入："这里是保加利亚总统的办公室，总统阁下就在楼上办公。"

我傻呆呆站在那里，心跳加速。一不小心，我竟然误闯了总统办公室，总统就在身边不远处办公，我刚刚还在那窗子下晒太阳。

真想投诉保加利亚的安保部门，总统府怎么能让游客随便出入，自由参观院子呢！这里没有身穿警服的警察戒备森严，保安形同虚设，难得看到的几个保安人员也是在院子里晒太阳。

"你们应该把这里重重守卫起来，保护你们的总统。"

大汉微微一笑："保护总统最好的方法不是用警卫，是人民的爱戴。"

我哑口无言，这就是号称欧洲火药桶的巴尔干半岛？这就是战乱动荡的南欧世界？我有点失魂落魄。

在城市的公共饮水处接了点水喝才缓过神来，回味到舌根处的甘甜才发现街头直接饮用的水竟是天然的矿泉水。泉水在这座破旧又华丽的城市里无处不在，早在罗马帝国时期索非亚的泉水就极具盛名。要说教堂、城堡、博物馆在欧洲任何城市都司空见惯，城市里到处喷着天然矿泉水还是头一次见，附近的居民们各自拿着水桶来接水，很是有趣。

　　在这座城市中我还发现了志愿者义务导游团，当地大学生为了练英语口语（实际上他们英文说得非常好）和与旅行者交朋友，自发组织了一个志愿者团体，讲解两个小时，带外国游客游览索非亚的主要景点。他们的那种热情来自于他们对自己国家辉煌历史的深深骄傲。这个国家可是有比罗马历史还要古老的城市，磨得没了棱角的石头、街边残破的老房子、刷得色彩斑斓的木质窗台、路尽头的古堡，都是一段光阴的故事。

　　保加利亚就是这样一个简单的国家，所以它有着世界上最好喝的酸奶，最绚烂的玫瑰，最香醇的美酒，最甘甜的泉水。

阿尔巴尼亚 ■
探秘"人口贩子之国"

夜大巴的艰辛

对阿尔巴尼亚的印象仅停留在一部关于绑架独自旅行者的电影——《飓风营救》。曾经的社会主义国家，接受过中国大量的物质和经济援助，之后和中国断绝来往。目前是欧洲国家中最不发达和低收入的贫困国家之一，全国一半的人口从事农业种植，1/5 的人出国打工。它既不是欧盟成员国，也不是申根国，网络上对它的介绍记载着："许多西欧国家的人口贩子皆出自阿尔巴尼亚，控制卖淫集团，并给诸国带来了严重的社会治安问题。"

现在，我挤在摇摇晃晃的车厢里独自奔向"人口贩子之国"。

从保加利亚坐汽车来到希腊北部的交通枢纽塞萨洛尼基（Thessaloniki），稍作停留之后并没有南下雅典，而是西去阿尔巴尼亚，游完阿尔巴尼亚之后再回希腊。希腊是申根国，这条界线把希腊和周边接壤的国家隔成了两个世界，虽然相邻，但交通却十分不便。不要问我为什么这么安排，我不想花时间去想明天做什么。

汽车是从希腊北部去阿尔巴尼亚唯一的交通方式，汽车站就在塞萨洛尼基火车站对面，好几家公司的长途大巴整齐地排在街头，价格均为 25 欧元。我选择了夜大巴，既省了时间，又省了一晚的住宿费。

上车那一刻所有的欣喜都被浇灭：夜大巴不是卧铺车，车厢破旧不堪，座位之间距离狭小，腿无法自由地伸展，入座率几乎是 100%，空气中散发

着各种人肉的气味。在这样狭小的空间里直挺挺地坐一个晚上，那是何等的煎熬啊！

夜大巴一路西行，穿梭在蜿蜒曲折的山路之间，让人昏昏沉沉。除了乘车的辛苦，让我受不了的还有：阿尔巴尼亚人民热情奔放，车厢里认识和不认识的人在这一空间里都成了相识多年的老友，叽叽喳喳，有说有笑，大声喧哗。听不懂的语言在耳边一直持续，就成了难受的噪音，刺激着我每根脆弱的神经。我终于发飙了，用英文大吼："能不能说话小声点？"

我是车厢里唯一的亚洲人，也是唯一的游客。我这一开口，就成了大家围观的对象，一双双猎奇的目光看着我。没有人听得懂我在说什么，依旧欢笑一片，也许他们在想：原来这个看起来跟我们不一样的人还会说话。

鸡同鸭讲，秀才遇到兵，一切让我崩溃。我开始有了跳车而逃的念头，旅途的艰辛让我想放弃，阿尔巴尼亚不去了！

整晚睡不着，看书头晕，听歌耳鸣，拿出手机翻看曾经的短信，希望回忆能让我忘了此时此刻。惊讶地发现两年前的今天我也同样坐在西行的大巴上，同样痛苦地煎熬着。那个时候好友莱蒙（Lemon）刚刚拿到新西兰 WH 签证（Working Holiday，打工度假），她的梦想在向她招手。

"我这次去新西兰探探路，其实我觉得在新西兰买座农场蛮好的，将来大家老了，不管单身还是结婚的，有孩子没孩子的，就一起住在农场，过着像电影 Australia《澳大利亚》里那样的田园生活，我觉得挺美的，一起努力吧。"

而今莱蒙已把 WH 签证转成工作签证，在新西兰待两年了。各自的忙碌奔波有时会忘记相约的梦想，此刻突然想起，眼眶开始湿润，为自己都能感动的梦想，为异国他乡的一份淡淡思念，在这样一个嘈杂又孤寂的夜晚，心中那份情怀突显出来，带着这样的思念，独自走在欧洲的旅途上。这份思念和伤感让我忘了此时的头痛、脚痛、屁股痛、腰痛。

不知道什么时候周围的人终于说累了笑累了睡了，我也晕乎过去。迷迷糊糊中被汽车里的广播叫醒，马上要出希腊边境，现在收护照检查。于是，好不容易平静的车厢又沸腾起来，坐在我前面的一个胖姑娘尤为奇葩，那爽朗的笑声回荡在车厢里，简直绕梁三日不绝于耳。

希腊的出境检查花了两个小时，手表的时针指向深夜 12 点。阿尔巴尼亚人的热情、奔放、豪爽，尽在这等待的两个小时里毕现无遗，全车人几乎聊成了一片，笑到了一团。

终于等回护照，汽车继续行驶，车厢里渐渐安静下来，我迷迷糊糊昏睡过去，又立马被叫醒。现在已经离开希腊，要入境阿尔巴尼亚，这边的边检又要来查护照了，上帝啊！

苦难中总有惊喜，大嗓门的胖姑娘居然会英文，她告诉我：这次入境还算顺利，如果整车人中只要一个人护照或者签证有问题，整车人都会一起被拖累。

巧的是胖姑娘也和我同去培拉特（Berat），我听说那个小城有上千个窗户。跟着她凌晨 4 点在途中下车，然后在原地摸黑等一辆小中巴，再免费换

乘到培拉特。要不是跟着这个胖姑娘，恐怕我不会如此顺利到达目的地，什么都是有得有失啊。

　　就这样一路煎熬了 10 个小时，终于抵达了号称"千窗之城"的培拉特，从下车的那一刻我就知道对这趟旅程绝不会后悔，庆幸自己没有弃车而逃：红色土壤的山峦在远处延伸，点缀着层层的白云，蜿蜒的河流从脚下穿过山间，奥斯曼风格的古民居躺在山谷的怀抱，每栋房屋都有很多扇窗子，一层层的窗子从山脚连绵到了山顶。每一扇窗子里面都会让人遐想发生过什么样的故事。打开千扇窗，了解一座城。

　　阿尔巴尼亚的自然风光可以用气势磅礴来形容：大山、峡谷、河流，一切的色彩都是那么浓烈。熬了一夜，什么辛苦都释怀了。

纯朴的贫穷

"一共多少钱？"我指着 4 个苹果、2 个西红柿对卖水果的大叔比画着。在阿尔巴尼亚交流十分吃力，英文普及率极低。我没有当地货币，只能比画着告诉大叔，我能不能付欧元。然后，我拿出零钱袋倒出一把欧元硬币，示意要付多少钱让他自己拿。

大叔看了看我手上的钱，然后从我手中拿走了 40 欧分的硬币。在欧洲其他国家，40 欧分可是连买瓶水都不够，就算拿走两三块钱我也不介意啊。

这就是传说中的"人口贩子国"，被欧洲其他国家称为"欧洲的乞丐"的地方，一个被世界孤立的国家，人民却那么纯朴。

一个人晃悠悠地在阿尔巴尼亚逛荡了 7 天，没被偷，没被抢，也没有见到传说中的人口贩子。如果要我说出欧洲最美的 5 个国家，阿尔巴尼亚毫无疑问会名列其中，这里是我此行的惊喜。

旅行者可以亲眼去看这个世界，而不是看着各种似是而非的新闻去想象

世界的样子。走在大街上，完全无法把这里跟"人口贩子""强盗""黑帮"之类的词语联想到一起。阿尔巴尼亚经济的确十分落后，这里的"大城市"还不如中国的三线小城镇，最引人瞩目的是来来往往的二手奔驰车。

街上几乎 80% 的车都是二手的奔驰，是欧洲其他国家淘汰下来作废物处理然后卖到这里的。由于很少有人来阿尔巴尼亚旅游，这里交通十分不发达，很多旅游的地方只能包车去。

坐在奔驰车上，这才发现连车窗都是手摇的，车里的部件带着岁月的痕迹，从驾驶座到后排座位，所有的设计都非常古老。奔驰车醒目的标志竖立在车子的前盖上，成了表示身份的唯一标识。二手车大多从德国进口过来，价格大概是 5000 欧元左右，进口之后再交一些税就可以在当地使用。

80 年代出生的我没有经历过中国与阿尔巴尼亚的社会主义蜜月期，却处处能感受到中阿两国旧日的友谊。我在这里十分受欢迎，一路被人行注目礼，成为被参观的对象。毛泽东时代中国曾经援助过这里，"毛泽东水电站"至今还在这里发光发热。年长的大叔们会比画着发出"毛泽东"的发音，以示我们两国的亲近。难怪毛主席曾盛赞中阿友谊是"海内存知己，天涯若比邻"。

随处可见的碉堡见证着战争的痕迹，让我惊讶的是，这些碉堡也大多是中国援建的，而一座碉堡的造价跟一座房子差不多。每建一座需要 5 吨水泥，

碉堡的顶端用钢筋支撑，外面浇上水泥，外墙也铺满钢筋，相当坚固。

曾经的阿尔巴尼亚既反美帝，又反苏修，还和周边邻国有种种边界纠纷，四面树敌，成为国际孤儿，被众多国家孤立。也许只有这些固若金汤的碉堡才能给他们安全感吧。

现在，这些碉堡已经没有使用价值，政府也曾想过拆掉这些碍事的旧时遗迹，但既缺钱又缺人，所以只能放任自流。有的碉堡被改成了仓库或羊圈，有的被充作小卖部或蘑菇培育房，有的被改成住房。风景区的一些碉堡被有钱人用低价买来，稍作装修便当作旅馆，别具情调。

不时能见到该国社会主义时代留下的浮雕，浮雕上刻着红卫兵闹革命。和我同坐一辆大巴的一个英国旅行者指着浮雕问我："中国就是这个样子的吧？"我淡然一笑，世界上有多少人活在书本里或者网络中，有多少人去看过世界真正的样子。

阿尔巴尼亚的基础建设设施也十分落后，有的地方过河没有桥，只能坐在木筏上依靠机械动力用铁绳拉过去。这让我十分兴奋，我一见到稀奇古怪的东西就如同打了鸡血似的。坐木筏过河免费，我便来来回回坐了好几趟，看木筏上的汽车、行人、小狗叫，鸡鸭跳，在山川下的河面上缓缓地飘向河对面。

▲ 社会主义红卫兵的浮雕

041

颠沛流离
的美丽

我喜欢阿尔巴尼亚散落在各地的古迹废墟，尤其是荒废的古希腊神庙。在历史上，阿尔巴尼亚多次被希腊、意大利入侵，使得这里保存了很多古罗马、拜占庭时期的遗迹。

　　和希腊的科浮岛隔海相望仅 40 分钟船程的布特林特（Butrint）岛被浓密的森林覆盖，自史前时代就有人类聚居，曾是古代重要的海运、商贸基地。如今岛上尽是断瓦残垣的神庙、城墙、废墟，整座岛被遗弃，直到 20 世纪被联合国列为世界文化遗产才有游客探访它的神秘。

　　建于山顶的神庙为雄伟的石头墙所包围，残存的圆形剧场见证了城市曾经的繁华。走进神庙能看到几十篇碑文雕刻环绕，这些碑文大多以解放奴隶为主题。一系列的发掘使许多的文物重见天日，如圆盘、花瓶、陶瓷蜡烛台，还有雕像，其中包括"布特林特神"，它那近乎完美的造型似乎成了古希腊人心目中理想的形体美的化身。

　　站在山头远眺，河对面就是欧洲文明的发源地希腊。一条河隔开了繁荣与落后，隔开了申根国的现代文明与非申根国的第三世界，也隔开了多少恩怨情仇。河的这边是贫穷与安宁，河对面的希腊会是什么样子呢？

　　只希望能在希腊见到中餐馆，我已经一周没有吃过大米，饥渴至极。

043

▲ 阿尔巴尼亚布特林特，人们用木筏过河

还在发掘的阿波洛尼 (Apoloni) 古希腊神庙群，几乎没有游客涉足，需要包车前往

颠沛流离
的美丽

空中之石

从阿尔巴尼亚到希腊的卡兰巴卡直线距离很近，蜿蜒的山路却让汽车走了 5 个小时。山鹰之国阿尔巴尼亚境内的山脉大多气势磅礴高耸入云，而到了希腊境内就成了一堆堆的小山丘。终于可以使用欧元，不用费心算着旅行花费到处去换钱。

夜雨是希腊北部群山中神奇的现象，往往从傍晚开始，悄无声息。第二天清晨推开窗户，一片云雾缭绕的世界，一群几百米高形状各异的陡峭巨石桀骜不驯地直入云霄，山顶上红色的修道院在云中半遮半掩，让人以为天堂就在那里。我站在云端脚下仰望，难道还有人悄然隐居在那接近天堂的山顶，在那似乎高不可及的悬山寺院里修行？

在这个雨后的清晨，我坐着公车从山脚沿着弯弯曲曲的公路而行，淡淡的薄雾，如丝如烟，缠绕在座座石林之间。一天有来回四趟公车从山脚直达山顶的修道院。这是一整座石头大山群，几百万年前的地壳运动和海水冲刷造就了现在拔地而起几百米高的巨石山岩，巍峨耸立，气势逼人。在山峰之上依稀几座修道院，当雨后起了大雾，云雾漫布在山柱之间，而高耸的修道院就好似被云雾托起，仿佛是一座浮在天空中的城市在随风飘荡。

在这些奇异的巨石之巅演绎的是一段血与泪的历史。14 世纪，强盛一时的奥斯曼帝国向欧洲大陆扩张，极盛时疆土横跨亚、非、欧三大陆。1453 年，

047

▲ 希腊卡兰巴卡的石林顶上

苏里曼苏丹灭亡了希腊拜占庭王朝，在希腊开始推广伊斯兰教文化，希腊人被迫逃离家园。一部分希腊知识分子向西避难，他们带着大批古希腊和罗马的艺术珍品和文学、历史、哲学等书籍纷纷逃往西欧，由此激发了文艺复兴的到来。一些没有能力出国生活的老百姓则离开了平原，躲进层峦叠嶂的群山中，在奥斯曼帝国统治下艰难地维系着自己的种族、文化以及语言遗产。

随着伊斯兰教在希腊的强行推广，希腊的主流宗教东正教被视为异教遭到铲除，不少反统治的起义运动被镇压，大批教徒逃到早已是希腊人心目中的世外桃源的卡兰巴卡，利用险峻的地形作为屏障，在山顶修建修道院，以此捍卫自己的信仰。早在公元 11 世纪就有人来卡兰巴卡避世而居，隐遁俗世的修道士陆续来到这个地区，借助绳索、吊篮和木梯，艰难地进入石壁和石顶的天然洞穴中遁世修行，过着与世隔绝的清贫生活。

随着躲避奥斯曼帝国统治的修道士的到来，一时间，20 多座修道院悄然屹立，煞是壮观。在这种险峻的山崖边和石柱上要建造那些修道院十分艰难，有些修道院的建造历经几个世纪才完成，即使是现在建造也是非常困难的事情。这些修道院都修建在悬崖峭壁和崖顶上，和外界的唯一的通道就是悬梯或者绳索。高耸在山顶的红色屋顶的修道院成了云端上的信仰。

最著名的一座修道院叫做作迈泰奥拉（Meteora），在古希腊文中是"悬挂在空中的岩石"的意思，它是位置最高、规模最大的，建于 14 世纪。塞尔维亚皇帝西蒙·乌鲁斯（Symeon Uros）把所有财产赠予这座修道院并做了修士，这里就成为了最富有和最有权势的修道院。16 世纪，迈泰奥拉修道院成为希腊北部最具权威的宗教中心，不仅保存了古希腊的文化传统，而且成为抵御伊斯兰教冲击的中流砥柱。迈泰奥拉，已经成为希腊东正教的代名词，它的意义仅次于圣山。

希腊是个多山的国度，而奥斯曼人从未成功地在山区建立起他们的军事或者行政机构。如今希腊人仍然会告诉你：奥斯曼人从来没有完全征服希腊。

奥斯曼帝国侵略的硝烟早已远去，20 多座修道院大部分已经被战火焚毁，现在仅存 7 座，仍有苦行的修道士隐居于此。6 座修道院对游客开放，5 座为男修道院，1 座为女修道院。

多个世纪来，人们只有靠木梯和绳索才能登上高耸入云的山峰到达迈泰

▼ 迈泰奥拉修道院，至今仍用简陋的缆车出入

奥拉修道院，在吱吱呀呀的绳索绞动声中坐在系着绳索的吊篮里，朝天上缓缓而去，进入这里犹如登天，所以有幸到达这里的人为数极少。如今即使为游客修建了通往修道院的小桥，仍是步步惊险。我小心翼翼沿着狭窄陡峭的石梯走入修道院，顿觉步入天堂，飘飘欲仙，仿佛进入了天人合一的神奇境界。

我站在修道院的露天观望台上俯瞰大地，远处的山峦交织在天与地之间，红色屋顶的小镇已成一道红色的点缀，此刻自己好似立于天上，天之纯净，云之飘摇。修道院的神圣与这些山岩的庄严和静穆已经融为一体，展现了一种超凡脱俗的世外之美。

这本是一块封闭、神秘又寂寞的净土，如今这里已经成为世界文化遗产，慕名而来的游客日渐增多，圣地不再宁静，修士们纷纷转向他处，寻找更加宁静的清修之地，现在每座修道院里的修道士不会超过 10 个人。我想，他们已经找到心中另一片净土，在那个世界里继续过着隐世而居、不问世事的生活。

卡兰巴卡规模最大的修道院迈泰奥拉

跳蚤市场

　　周日的雅典，商场关门歇业，给原本萧条的城市更添了一分凄凉的气氛。周末商业店铺关门休息是欧洲国家的习惯，陪家人度假和休息比挣钱更重要。此刻卫城下却热闹不凡，今天是一周一次的跳蚤市场赶集的日子，交织的街道小巷里挤满了人，周边甚至外地的居民从四面八方赶来，拿出自己家不用的旧东西，聚集在这里贩卖。

　　比起用尽天下最美蓝色、白色的圣托里尼岛，我更喜欢跳蚤市场里洋溢的生活气息，能感受到希腊经济的萧条以及人民对生活的淡然，朴素而生动。

　　时常听到欧洲人抱怨："如今的欧洲经济被四头猪（PIGS）拖累"。让欧洲人不屑的"PIGS"正是葡萄牙（Portugal）、意大利（Italy）、希腊（Greece）、西班牙（Spain）这四个南欧国的缩写。北欧人甚至认为该把阿尔卑斯山以南的地方划为非洲，"那里不应该算欧洲，应该跟非洲合并"。是的，阿尔卑斯山把欧洲隔成了两个世界，南部是喧嚣与萧条，北部是富裕与安宁。

　　希腊，这个欧洲文明起源的国度如今已经陷入重重的债务危机。2009 年12 月债务被曝光，连累多个欧元区国家遭受债务危机，欧元体系面临前所未遇的重大考验。古文明、爱琴海，这些浪漫的词渐渐淡去，出现在世人面前更多的是罢工、欧债危机。

　　希腊人仍一直沉浸在文明古国、欧洲文化发源地的骄傲中，人们普遍比较懒惰，很多希腊人工作到下午 2 点就回家。曾经希腊政府给的福利、退休金高得惊人，终于到了入不敷出的时候。当政府缩减财政，希腊人则无法接受，

▲ 每周日卫城下的跳蚤市场

▼ 希腊传统乐器 Tsabouna，近似风笛

▲ 欧洲流行乐器 Hang Drum，起源于瑞士

几乎每年都要举行罢工，时不时的汽车、火车、飞机停止运营，交通瘫痪。

在这里，越来越多的人无法找到工作，高失业率对社会治安也造成很大影响，不稳定因素使得犯罪率在节节上升。旅馆老板卡洛提醒我晚上不要一个人出去，否则会有被抢劫的风险。我朝卡洛捏捏拳头："我会中国功夫！"

周日的跳蚤市场成为深受当地人喜爱的地方，摆地摊的卖家们把几条街的马路铺得满满的，人们拿出自己家珍藏多年的物品，像手表、首饰、钱币、画等等，在没落的气息下依旧透着沧桑的奢华。

铺满地摊的小街被挤得水泄不通，我在人群中被挤着前行，稍作停留看点什么东西就会被一群群的人撞来撞去，人口密度堪比中国的春运，幸好我在国内见多了这场面，要来个澳大利亚人，见了这架势恐怕会被吓回去。

市场上，一群吹打着乐器的人招摇过市，悠扬的音乐带着欢快的节奏回荡在街头，那是我从没见过的乐器，远远看去像抱着一头猪。这是一种叫Tsabouna 的希腊传统乐器，多见于农村，是风笛的一种。

我有收集世界各国硬币的习惯，自然就盯上了卖硬币的小青年，从他手上买到了早已经不在市面上流通的希腊硬币，这些都是他多年珍藏的心爱之物。

有些人开着面包车把家里的家当拖出来出售，锅碗瓢盆，瓶瓶罐罐，不计其数，难道这是要家徒四壁了？

带着古希腊雕刻的各种工艺品让我目光紧紧跟随。一块怀表，会雕刻上

▲ 雅典卫城前的大石头上，人们在晒太阳

古希腊风格的图案；一根项链，会雕刻上希腊神庙的印记……一切如同活生生的古希腊文化展，而这些艺术品如今只能贱卖。如果希腊人的老祖宗们看到今天会被子孙们败家，把当年的倾心之作拿出去贱卖，会不会气得从坟墓里爬出来呢？

做生意的商业店面同样也使出浑身解数。卫城下的一条希腊工艺品街，店老板们倚门而立，见到亚洲面孔就用生硬的中文说："进去里面看看，全部半价，给你打折。"虽然在国外见过说中文拉生意的老外，但能把中文表达到这水平，可见足足下了一番功夫，也可见中国同胞们的购买力有多强。此刻，恐怕全世界都在盯着中国人口袋里的钱。

卫城下午3点关门，趁着关门前最后一点时间进去溜达。卫城里大部分东西都被英国的大英博物馆收藏了，如今仅剩石柱林立的外壳，已有2000多年历史，供奉着雅典庇护者雅典娜的神像。一堆神庙，永远在装修，据说还要修上几十年，在我有生之年是看不到它修完了。整个卫城建筑是靠石头与石头之间的精确咬合以达到坚固与耐久程度的。一些石块之间的缝隙只有一毫米的二十分之一，要想看清石头之间接合处的缝隙，需要放大60倍。

跳蚤市场是希腊的现在，卫城是希腊的过去。站在卫城上眺望跳蚤市场的人群，看尽历史盛极而衰。在历史的舞台上，没有一个国家能永远辉煌，命运总是在轮回中自有定数。

颠沛流离
的美丽

Part **2**

>>> GO **我走过的前南斯拉夫**

▲ 马其顿奥赫里德湖里的野天鹅

颠沛流离
的美丽

30 小时未眠

不要以为一个人背包上路，想去哪里就去哪里，种种潇洒，尽是美好，殊不知旅途的艰辛不是常人能够忍受的。从希腊到马其顿，30 小时未眠，经历了茫然、被人呵斥、被边检关小黑屋、凌晨 3 点一个人下车、相机失而复得、被人骗……幸好，走过了就是晴天。

第一个踏足的前南斯拉夫国家叫马其顿，它和希腊交界，雅典火车站里旅游信息中心的人告诉我，虽然马其顿和希腊两国交界，但雅典没有任何交通方式去那里，建议我去希腊北部的大城市塞萨洛尼基，那里可能有去马其顿的汽车。

两国交界，偌大的希腊首都没有任何交通与之相连，在我看来是不可思议的事情。我以最快的速度冲向火车站售票窗口，买了 20 分钟之后出发的火车。5 个多小时后，火车再次把我带到希腊北部的交通枢纽塞萨洛尼基，10 天前我曾到过这里。

夜幕的笼罩让我的心陷入冰凉，不知道今晚能否赶到马其顿，也不知道今晚住哪里，不知道自己明天会在哪个国家。一路打听，逢人便问，换来的是人们一脸的迷茫。

"马其顿？这里就是马其顿！"一个希腊人恶狠狠地对我咆哮，凶神恶煞，吓得我不敢继续开口问路。

掏出地图一番研究，这才发现希腊北部地区也叫马其顿，而从前南斯拉夫分裂出去的马其顿全称是"前南斯拉夫马其顿共和国"，双方的国名之争已持续20年，两个邻国在联合国的调停下就国名问题一直在进行谈判，但未能取得进展。希腊雅典等地举行过大规模示威，抗议使用"马其顿"的名称。希腊政府曾对马其顿进行经济封锁，重创马其顿共和国的对外贸易，也曾在其加入北约和欧盟的道路上设置重重障碍。希腊对马其顿如此恨之入骨，我却在希腊的马其顿地区问人们马其顿共和国怎么走，这不是找死吗?

时针指向晚上7点，我必须马上做出决策，今晚是继续待在希腊遥遥无期地打听如何去马其顿，还是迅速离开，去阿尔巴尼亚，然后从那个国家进入马其顿。

在放弃和坚持之间，我多半会更多选择坚持。再次来到汽车站，坐上了去阿尔巴尼亚的汽车。这是多么可笑的旅程啊！10天前我从塞萨洛尼基坐大巴去了阿尔巴尼亚，10天后我又在这里坐大巴去阿尔巴尼亚，我永远忘不了那可怕的夜大巴，还有满车的喧哗。

重复10天前的经历，嘈杂、拥挤，收护照，从希腊出境，再收护照，入境阿尔巴尼亚。这次却没有上次的好运气，在入境阿尔巴尼亚的时候，我

马其顿奥赫里德小镇

颠沛流离
的美丽

被叫下车，进了传说中的"小黑屋"。

小黑屋不算"黑"，只是个审讯室，里面有一张桌子、两把椅子，年轻的警察和边检人员高大帅气，让人忍不住想多看几眼。

"10 天前我从希腊来阿尔巴尼亚旅游，然后再回希腊，再到阿尔巴尼亚，再去马其顿。"我的回答让边检人员都听晕了，趁着对方迷糊的时候，情理并施，搞定。

回到汽车上，等着我的是汽车司机刀子般的目光，此刻他一定恨不得把我千刀万剐，我一个人连累全车人都在等待。我哪知道这只是个开始，在之后的前南斯拉夫列国中的旅行，这样的特殊待遇是家常便饭。

在汽车上昏睡过去，直到被人叫醒，我很不情愿地睁开双眼，司机示意我该下车了。晕晕乎乎地走出车门，寒气逼人，猛然打个冷战，我彻底醒了：为什么只有我一个人下车，而其他人都没有动静，我是不是在黑山头要被抢劫了？

原来大巴售票员告诉汽车司机，我要去马其顿的奥赫里德湖。这个湖泊位于阿尔巴尼亚和马其顿两国交界处，湖的东边是阿尔巴尼亚，西边是马其顿。司机理所当然认为我应该在波格拉德茨（Pogradec）小村下车。小村位

于阿尔巴尼亚边境的奥赫里德湖边，湖对面就是马其顿。

好心的司机自认为做了件聪明事，可是他忘了：一、我怎么去湖对面，拖着大箱子走过去，还是游泳过去，那是另外一个国家，不是隔壁村子；二、此刻是凌晨3点，周围是黑压压的一片，我去哪里找住宿。

无尽的孤独感将我包围，一个人被孤零零地抛弃在黑夜里，深吸一口气，做好了留宿街头的打算。正要转身离开，一个当地人从大巴上冲了下来，手上拎着个黑乎乎的东西塞给我，我接过来一看：天啊，我的相机！

大巴消逝在黑夜中，没有星星的夜晚漆黑一片。把相机遗忘在大巴上的惊险，被人把相机送还的惊喜，能否找到住宿的担忧，还有初秋的寒气，一股脑地逼过来。

夜幕中隐约看见了一家酒店，如同找到了救命稻草，我飞奔了过去，使出最大的力气，敲打酒店的大门。片刻之后，听到了动静声，欣喜若狂。门开了，是一个年轻小伙儿，睡眼惺忪，没有一丝怨恨，想必他对这样半夜被吵醒已经习以为常。

"单人间，25 欧元。"试图讲价，未能如愿。我给了小伙 30 欧元，他告诉我没有 5 欧元零钱，只能找给我当地货币。

把箱子放下后才发现自己的体力已严重透支，这一天没有怎么吃东西，过度的疲惫和对旅途的未知让我无法入眠，胡思乱想中天已大亮，我决定索性一口气赶去马其顿再睡觉。

看着桌上放着的 3 张阿尔巴尼亚货币，才想起 3 个多小时前发生了什么。不对，为什么只有 3 张？我拿起钱数数，没错，3 张 100 元，服务员一共找给我 300 列克。我记得欧元对列克的汇率大概是 1：140，他至少应该找给我 600 列克才是。

这种事情若发生在平时我会一笑了之，但发生在这样一个凄惨无比的时候，让我耿耿于怀。我拿着 300 列克愤愤不平地去找服务员算账。

昨晚值班的服务员已经不在，大厅里只有个矮矮胖胖的男人，他是酒店的老板。我向他打听那个服务员的下落，把昨晚的经过告诉了他，我提高了嗓门说："这是我第二次来你们国家，我很喜欢阿尔巴尼亚，风景美丽，人们友好善良，可是发生这样的事情，让我很失望。这不是钱的问题，这是诚信问题，一个国家的诚信。"

老板一下子脸红了，眼神里尽是歉意和羞愧。他让我先回房间收拾行李，他帮我找车去马其顿。一会儿老板来敲门，亲自送上一杯热腾腾的红茶和5欧元。他知道中国人不爱喝咖啡，爱喝茶。

大雨中，我在酒店门口坐上了出租车准备去马其顿。我坐飞机去过一个国家，乘汽车去过一个国家，渡轮船去过一个国家，打出租车从一个国家去另外一个国家还是头一次。我将在出租车上出关、入关，办手续，慈眉善目的出租车司机也跟着我出国了。

酒店老板恭恭敬敬，谦卑无比，一边帮拎行李，一边一遍遍叮嘱司机。我那句"一个国家的诚信"一定伤了他，很后悔自己用这么严厉的话去损伤别人。我狠狠地跟自己说：以后待人不必过于苛刻，留些肚量；得理不必争尽，留些宽容；责人不必刻薄，留些口德。

出租车顶着风雨沿着奥赫里德湖边前行，路边不时可见当地的孩子没有打伞淋着雨，手上拎着一条条大鱼向过往的车辆兜售。望着孩子们瘦小的身躯，我的眼眶湿润了，很想把他们手上的鱼买下，可自己背着一条鱼去旅行实在不便。

是怎样生活的艰辛才使得原该在父母呵护下成长的孩子要淋着雨穿梭在公路边，用捕捞来的鱼换取低廉的生活费？相信那个骗我300列克的服务员也是事出有因，家里一定很需要钱，300列克不过17块人民币，我却用"一个国家的诚信"来呵斥这里的人。

那一刻，我无地自容。

另外一种幸福

巴尔干半岛的 11 个国家中，有 7 个原属于南斯拉夫。那是一个曾经在铁托统治下的繁华盛世，人民安居乐业，歌舞升平。1992 年，南斯拉夫一夕之间分裂成 7 个国家，不同的国家之间以及国家内部信奉不同的宗教，使得族群对立，彼此之间成为世仇。2004 年，科索沃还发生过种族大屠杀。这里至今还驻扎着联合国维和部队。这里的国境线是永远变化的曲线，大部分领土的变化都是通过战争决定的——两次巴尔干战争、两次世界大战、南斯拉夫解体、北约轰炸南斯拉夫等。只要实力强大，领土就会增加。

5 个小时的火车、7 个小时的汽车、2 个多小时的出租车，终于从雅典到了马其顿，踏上了曾经烽火连天的前南斯拉夫。为此，我一路花了 100 多欧元的交通费，只能把一腔悲愤化作仰天长叹。

奥赫里德湖边，走过曲折的石头路，穿过古老的城镇，没有游人如织，没有商户林立，阳光洒在湛蓝的湖水上，一群群的天鹅划过平静的湖面，远处群山逶迤，红瓦的房屋安详地躺在山与水之间，几个渔夫开着小船去捕鱼，三两居民悠闲走过。这里不仅有远离尘嚣的宁静，还带着几分仙气，不羁与挥洒，旷远与空灵。

一头扎进奥赫里德湖边的小镇，从中世纪石板路古城到 21 世纪的生活区，一下子就穿越了千年时光。集市上三两个小摊扎堆贩卖，过道很宽敞，台子上摆满水果、蔬菜。一个大光头在人群中脱颖而出，那是一张明显与众不同的脸，他嬉皮又带着一点富贵的气质让我立马断定他不是当地人，但似乎又

颠沛流离
的美丽

我在奥赫里德湖边，被这里的宁静打动

不像一个旅行者。

英文在这片隐秘的世界里普及率极低，当他告诉我他是纽约人时，我立马扑了上去。他叫多科（Doko），在这里生活了两年，会说马其顿语，早已和当地人打成一片，他自愿做起我的向导和英文翻译。

两年前，多科一个人环游欧洲，来到奥赫里德湖时被这里的美丽与平静所打动。一旦爱上这里便一发不可收拾，多科决定留下来，在此长居。平时他什么都不干，也不工作，靠纽约出租的房租费在这里过着简朴的生活。每天，和当地人聊聊天，晒晒太阳，看清晨薄雾笼罩的湖水，看傍晚夕阳染红的城堡，听各家各户人们的故事，这样一待就是两年，小镇上几乎所有人都认识他。

经常听到旅行者在旅途中留下来的故事，没想到自己的亲眼所见居然是在曾经战火纷飞的巴尔干半岛上的马其顿，我的价值观彻底被颠覆。

我就这样为他的故事停下脚步。整个下午，和多科喝茶聊天，听他的经历，听这里的逸闻，讲我的故事。偶尔我会跟当地人讨论一些对人对事的看法，

颠沛流离
的美丽

比如如何看待穆族和塞族的种族冲突，如何看待前南斯拉夫和现在分裂的各国，是统一好，还是独立好？铁托是捍卫国家主权的英雄，还是专制强权的独裁者？

有了多科给我做英文翻译，我也和当地人打成一片。我认识了已经有三个老婆的麦卡勒，见到了一个 15 岁就已经结婚并且要娶第二个老婆的男孩，当地人纷纷邀请我去他们家里吃当地美食。麦卡勒跟我说："留下来吧，在这里开一个中国餐馆，我们帮你做宣传，居留签证我们帮你搞定。"

我没有多科的随性和洒脱，还没有能割舍一切的勇气。

相对于当地人，我对多科更充满好奇。为什么这样一个长期战乱的巴尔干会让一个美国人留下来一住就两年呢？茶余饭后，多科慢慢跟我讲起了现在的巴尔干和发生在这里的故事，完全不是网络上铺天盖地描绘的"血腥战乱"那回事，我越来越喜欢这片美丽的世外桃源。

"纽约是个拥挤的城市，每个人都在为出人头地而活。"多科的话让我想起了北京、上海。"很多人机械地过着自己的生活，读书、工作、赚钱，为什么不让自己的人生多一种其他的活法呢？"

多科抛弃了纽约的繁华与压力，选择在马其顿归隐，那是另一种生存的方式，自由流淌的、随意的、单纯的，甚至孤独的生活。令人感到恍如隔世，却无关奢华或朴素，抑或是一面镜子，映照我这个外来闯入者的浮躁。他对生活的选择让我明白了很多，幸福不是活给别人看的，而是你自己内心真实的喜悦。也许哪一天我走到世界的某个角落，也会隐世而居，过着不问世事的日子。

离别时多科告诉我，也许他会一直在这里待着。如果有一天我想他了，就去马其顿找他。

▼ 湖水的颜色会随着光线的变化而不同

▲ 站在长城上眺望黑山科托小镇

长城 脚下的姑娘

"万里长城万里长，长城外面是故乡。"我站在高高的长城上，极目远眺，黛青的群山层层叠叠延绵天边，宁静的湖泊镶嵌于大山之间，红瓦的房屋如宝石般散落在山与水的画卷。

旅行已经出发一个月，对于长途旅行来说，一个月是一个坎儿。一个月后，所有的兴奋和新鲜感已经没有那么强烈，自由的快乐心情也在日复一日的寻住宿、找交通中趋于平静。家的温馨、故乡的安宁、朋友的思念、美食的回味，不断冲击着旅途的归心。人困马乏、审美疲劳、奔波之苦在一个月的时候会突显而来。

如果没有长途旅行的经历，此刻我会想不明白自己为什么要跑到这里来，也许我该在旅行一个月时买张机票回家。曾经的经验告诉我：迈过这道坎儿，会看到另一番的海阔天空，那是一种对性格的磨炼，一边忍受孤独，一边用毅力走自己的路。

我在一个月的"旅行坎儿"时，站在长城上望不见故乡，故乡的山水在身后消逝之后，它们就成了熟悉又陌生的印痕。熟悉的城市，熟悉的笑脸，离我有多远？此刻那里是否有人会想起我？

这座长城位于黑山共和国的科托（Kotor）小镇，是著名的旅游胜地。登长城的入口前只有一个极简单的收费站，一桌一椅，纸板上用英语写着每

071

▲ 科托小镇的清晨

人 2 欧元，交钱之后可以得到一张地图。黑山不是欧盟成员国却使用欧元。收钱的大叔年复一年守在这里重复乏味的生活，他经常跑开不见，而来往的欧洲游客们会自觉在此守候或留下 2 欧元，几乎看不到有人为了 2 欧元而逃票。倒不见得欧洲人素质有多高，我想关键是门票才 2 欧元而已。

科托长城是古代的军事防御工程，城墙沿着山势一路往上直至山顶。这一段长城曲折蜿蜒而不娇作，荒凉残破但不失气魄，在金色的阳光中，这一片断壁残垣更显得无限沧桑。虽然我从未来过这里，可是那连绵的山脉好熟悉，那破碎的石路好熟悉，仿佛前世今生我都游走过。

这座长城保留了历史的原貌，未经修缮，没有护栏，有的地方连楼梯都没有了。灰青斑驳的城墙，灰青斑驳的城楼，灰青斑驳的山岩，人工的杰作和自然的奇迹因岁月而趋于完美的和谐，并终将随记忆融入青山。

站在高高的山峦上，远眺海湾、群山、教堂、钟楼、邮轮，一排排红瓦小房五光十色，就像遍地的珍珠。海湾上随风传来汽笛声，刹那间，所有的景色，包括自己在悬崖边的孤影都凝固在空气中。

终于明白这个国家为什么叫作"黑山"，英文名 Montenegro，在当地语里是"黑色山脉"的意思。这里的山是朦朦胧胧的黛青色，颇有几分中国

▲ 科托小镇的城墙

水墨画的韵味。这里的秋季最美，布满山峦的树林红叶似火，高耸的山脉拥着曲折的亚得里亚海岸，73公里长的阳光海滩被清澈的海浪拍打着，逶迤而行的海岸线沿途还散落着好几座中世纪古城。蓝天、碧水、白石、红瓦，精致的天主教堂，从沙滩延伸出去的小岛上遍布风格迥异的度假别墅……此情此景，很难想象十几年前这里曾经发生过什么。

一个人的生长环境会影响他的性格，就像大海与高山养育的黑山人，天生有着自由不羁的浪漫天性。

长城下的科托古城很小，一个小时就能逛遍的地方，旅人们往往会耗上一整天。在曲折的巷弄里迷路，遇见一个又一个的小广场，广场上总有无数的咖啡馆和雪糕店。古城里的每一块石头都烙下了光阴的记忆，几百年的时间走过了，一切似乎无动于衷，只加深了石头上的纹路而已。

古城里时光缓慢，人人都是时间的百万富翁。店家们自顾自地坐在门口，或吸烟谈天，或静静读书。几个当地的年轻姑娘聚在一起边聊天，边晒太阳，游人路过就报以微笑，从不吆喝，优雅得让本不想买东西的人也禁不住要进店里转悠一下。

我的目光为一个穿当地民族服装的姑娘停留，那是一身中世纪欧洲的长裙，泡泡的公主袖，阳光下能看到衣服色彩流动的画面。当她浅笑的瞬间，嘴角如同裙摆上扬划出的弧度，仿佛整片天空都被这光芒照耀了。一笑倾城，再笑倾国，应是如此。

这个姑娘是街边这家古典风情咖啡馆的服务员，叫巴利娅（Balya），英文不错，我自然就跟她聊起来。

　　战争后的前南斯拉夫发生了无数故事，使得我越来越痴迷于此。巴利娅告诉我黑山是个非常年轻的国家，在 2006 年通过投票取得独立。眼看着隔壁的克罗地亚已经发展成欧洲人最喜爱的度假胜地之一，拥有迷人海岸线的黑山政府不甘落后，决定大力吸引外资来加速发展他们的旅游业，走高端旅游路线。

　　欧元的使用、英语的普及无不显示着黑山是前南斯拉夫各国中最国际化的，富有的欧洲人来这里顶级奢华的酒店度假，英国移居者在此推销不动产，俄罗斯人则在购买山间的农舍。黑山人自己也忙得不亦乐乎，盘算着如何用当地特色的炖肉来征服四海游客的胃。

　　巴利娅闪光的眼神透露出她对外面世界的向往，渴望也能游历世界各国。很少有亚洲游客来这里，尤其是中国游客，在她眼里我自然成了来自遥远国度的神秘行者。说到中国，巴利娅的印象仅停留在北京奥运会时的中国元素，好奇地问我那个大东西为什么能敲出声音（击缶），"中国人会在节日里穿上飞天仙女的传统服饰吗？"

　　我们两个相互倾慕着对方，这种倾慕让我们聊了半个小时。是啊，人都会去羡慕自己没有的东西，殊不知别人永远是别人，生活在当下而不是天涯。

颠沛流离
的美丽

富人岛

　　"山与水相逢的绝佳之地。"英国诗人拜伦曾这样赞美黑山。

　　雄伟的山，灵秀的水，湛蓝的大海，浪漫的原始森林，鲜花芬芳的草甸，起伏的葡萄酒庄园，几个世纪前模样的古镇，欧洲最大的鸟类保护区，欧洲最深的峡谷，欧洲最古老的 2000 多年树龄的橄榄树，一年 300 个艳阳天——黑山被我认为是"前南斯拉夫最美的国度"。

　　一万多平方公里，仅仅 6 岁的年轻国家吸引了全世界的目光，全国两个国际机场接来一拨拨来晒太阳的欧洲人。北部的滑雪胜地扎布里亚克（Žabljak）让我蠢蠢欲动，即使在夏天那里也只有十几度。中部的塔拉河峡谷景色万千，横跨峡谷的一座老桥因为南斯拉夫电影《桥》让多少人带着浓浓的怀旧去感受"啊，朋友再见"。杜米托尔（Durmitor）国家公园被 18 个色彩斑斓的湖泊点缀，高海拔的黑湖中层层叠叠的山与树的倒影，让人想起新西兰。

　　说到外国人来这里度假，不得不提布德瓦（Budva）古城，15 世纪的古村落，位于黑山亚得里亚海岸线中心位置，在海边静静地屹立了几百年。我的目光停留在海边的一座满是红顶屋的岛，四周被蔚蓝的海水包围，红色的屋顶透着宝石般的光彩，仿佛用尽天下最美的蓝色与红色。

　　"富人岛"是我给它取的名字，当地人叫它圣斯特凡（Sveti Stefan）。这座岛上所有的土地都被开发成酒店度假村，每晚的住宿费在 800~2500 欧元之间，只有住在岛上的客人才能上岛。于是，这里便成了世界富豪的聚集地。

亚得里亚海最后的夏天

富人岛占地 12 400 平方米，曾经只是一个普通的小渔村，从 19 世纪 50 年代起开始修建酒店，南斯拉夫解体前这个小岛早已是权贵们首选的度假目的地，后来随着战乱这里被遗弃。

2006 年黑山共和国独立后缺钱建设家园，政府便把这座岛租给外国人，这里的酒店由业界独具远见的传奇人物投资，花了 4 年时间打造了这座如宫殿般世界顶级奢华的小岛，这里再度成为各国政要、世界富豪、好莱坞明星钟爱的度假胜地。铁托、史泰龙、伊丽莎白·泰勒、玛丽莲·梦露、英国玛格丽特公主、芭比娃娃（Claudia Schiffer）……数不胜数。

我站在高处远眺富人岛，一座长桥连接小岛与大陆，成了普通人无法跨越的门槛。它隔开了两个世界，一头是奢华与尊贵，一头是朴素与真实。

夕阳西下，对着美丽的富人岛喝着黑山当地葡萄酒庄园盛产的"五拉那茨"葡萄酒，安静地醉在这片静谧美好里。由于经济原因，这种葡萄酒只销往塞尔维亚、克罗地亚、波黑、马其顿、阿尔巴尼亚等非申根国，使得这酒如同富人岛一般，成了寻觅而得的惊喜。

岛上的居民早已迁出来，那片土地不再属于他们。我百般打听是否有办法不住宿也能上岛瞄一眼，比如我可以做义工给岛上送生活物资，这幼稚的想法让当地人纯真地笑起来。

当地人指引了在海边晒太阳的科维奇（Kovic）给我认识，一身嬉皮的装扮能看出他无所事事的日子有多么无聊。科维奇曾是岛上的服务员，现在已经退休，每天的日子就是喝酒晒太阳，聚会时唠叨着他在岛上的回忆。

科维奇告诉我，岛上有个教堂，每到重要节日时岛上的教堂会开放让岛外的居民去做礼拜，这是目前外人进岛的唯一方法。

提起岛上的世界，科维奇的眼睛里透出兴奋的神采，那张脸，印刻着经历了故事的沧桑，同时又充满年轻的朝气，如同黑山这个国家一样。

"那是一个如迷宫般的美丽世界，弯曲的小道，不设路牌，常常有客人迷路。每个别墅的小窗口外总悬挂着一盏灯，晚上就会亮起，那是渔村的传统，让归航的人一眼辨识出家的温暖。"

"游泳池特别漂亮，和海相接，湛蓝的颜色让两者分不出界线。池边的松树下客人乘凉睡觉。"

颠沛流离
的美丽

　　"铁托也爱来这里度假，过去他的办公房间现在被改成了接待室。"

　　"客人的房间位于雪松和松树森林中，到处是橄榄树围绕，岛上多峭壁，房间都设在高处，客人们喜欢晒太阳发呆，什么都不做。"

　　大陆上长堤两边的沙滩，一边是富人岛专属，一边是普通人可以游玩的地方。光着脚丫走过柔软的沙滩，漫步海边总是能让我感到莫名的释然。

　　一对老年夫妻在夕阳下静静地看海，他们的剪影成了一道生动的风景，路过他们身边时我们相视一笑。他们来自德国，一起携手旅行几十年，每年都会花至少两个月的时间到处走走。

　　聊到富人岛，他们有一句话让我印象深刻："住在岛上和住在大陆上的人都一样，幸福不是取决于住在哪里，而是你是否感到满足。"

▲ 科索沃"首都"普里什蒂纳街头的女人

07

拒签与入境

　　汽车渐行渐远,一路往北,这和我旅行中坐过的千百次汽车没有区别,我掩饰着忐忑与激动,让自己平静得像一个当地人。

　　司机递来登记表,每个乘客填写护照号、国籍、姓名,登记表上的标题写着:科索沃。

　　两个月前压根儿就没有想过要来这个"国家"旅行,也从没想过这个国家能跟"旅行"扯上任何关系。每个人都在问:"那里还在打仗吗?"

　　科索沃原属于塞尔维亚共和国,2008年宣布独立,目前已有近百个国家承认其独立,但不包括中国。

　　用申根多次往返签证可以免签科索沃,幸好我此时来了这里,在我离开科索沃后的几个月这个免签政策就有了变化。说到签证,我一直都是个幸运儿,别人头疼的发达国家签证,我往往轻松获得一年多次往返。但"常在河边走,哪能不湿鞋",签证也有让我发愁的时候,10天前在希腊面朝大海的小城里,我咬着牙研究着怎么申请塞尔维亚签证。

　　申根多次往返的旅游签证可以免签巴尔干半岛所有的非申根国家,除了塞尔维亚。让我记住这个国家的名字缘于1999年北约轰炸事件,美国轰炸了在塞尔维亚的驻南联盟中国大使馆。塞尔维亚至今都不承认科索沃的独立,并发动了科索沃战争,最终在联合国的介入下才有了如今暂时平静的局面。

在雅典，我慷慨激昂地给塞尔维亚驻雅典大使馆写信，希望能在雅典申请他们的旅游签证，可一封封信都石沉大海。终于忍不住拨通了大使馆的电话，对方用一口带着浓重方言口音的英语告诉我："不接受中国人的个人旅游申请。"

愤愤不平的我在网上发了一条微博抱怨，怨气十足。

不久微博上收到一条私信，自称是即将去塞尔维亚采访的中国记者，他看到我想去塞尔维亚签证无门的微博之后主动帮忙："你想来塞尔维亚旅游？我帮你弄塞尔维亚当地的邀请函，只要有了邀请函，就可以申请到签证。"

天下哪有这等好事？严重怀疑这个自称是记者的人非好即盗。出于礼貌，我客气地回复："帮我弄邀请函，感激不尽。"

很快，我就忘了这个事情，直到今天踏上开往科索沃的巴士，我又耿耿于怀被塞尔维亚大使馆变相"拒签"的事，想起那个号称要帮我弄邀请函的记者，心说："骗子！"

只能乘坐 20 来人的小中巴车里我是唯一的东方面孔，也是唯一的游客，这是我早已习惯的场面。"科索沃，科索沃！"曾经只有罗马的名字让我如此心跳过。我脑海里闪过的画面是炮弹横飞，满目疮痍，恐慌饥饿的人群，绝望无助的眼神。

我庄严地在登记表上写下：Rui Huanhuan, P.R. China。出关很顺利，

颠沛流离
的美丽

马其顿边检处的小伙儿例行公事盖了出境章。刚出了马其顿，一个气场十足的科索沃边检就上了中巴车，身材高大，仪表庄严，不像是贫困潦倒的样子。他一一收了我们的护照，当走到我面前时，仔细翻了翻我的护照，用一口我很久没有听到的纯正美式英文问我："你为什么去科索沃？"

科索沃人的英文大多很好，并带着美式英语的腔调。走在"首都"普里什蒂纳街头，我第一眼看到的居然是美国国旗，还有写着大大标志的美国人学校，恍惚间还以为是到了美国的一个自治州。

此时意外地收到一个让我哭笑不得的好消息："我已经帮你弄到了邀请函，你赶紧去申请塞尔维亚签证，我在这里等你。"

那个被我判定为骗子的记者真的替我弄到了邀请函。可现在我就在塞尔维亚的"领土"上，你叫我上哪里去申请签证呢？我想抽他。

当地人告诉我，即使有了塞尔维亚签证，从科索沃去塞尔维亚也会被拒绝入境。在塞国人眼里，科索沃是他们领土不可分割的一部分，我无签证进入科索沃，就是"非法入境塞尔维亚"，我是个非法的偷渡客；但反过来走可以，从塞尔维亚进入科索沃，是在塞国内部行走，塞国边检放人，科索沃也积极接纳你入境。

按照中国不承认科索沃独立的政策，我现在是非法偷渡进入塞尔维亚国土。我也做了一回偷渡客，人生圆满了。

和平下的美丽

懒散的清晨，空气中弥漫着秋日的清爽，天空碧蓝如洗，偶尔飘过一朵轻轻淡淡的浮云，阳光平滑如水，穿过树叶洒下一地斑驳的影子。来往的车辆如欧洲其他国家一样，即使是绿灯，也会让行人先走。一切都那么安静，与世无争。

除了头顶偶尔飞过联合国维和部队的直升机外，我丝毫无法把它跟"战争"联系到一起。全世界都在议论科索沃战争、种族冲突、社会结构，而很少有人静下来抛开这些政治因素看看科索沃的模样，朴实而安宁。

在科索沃宣布独立后的第四年，我一个人来到了这里。

政治的界限隔绝了外面世界的精彩和热闹。大山洼里的村庄掩映在翠竹绿树之中，蜿蜒的小溪流过狭长的山涧直入谷中的大河，隐没在高山峻岭之间。全境50%的森林覆盖被秋色渲染得一片斑斓，点缀其间的是星星点点红顶小屋的村落。

农夫的身影穿梭在起伏的葡萄园里，散养的牛羊给寂寥的山坡增添了栩栩生气。科索沃的农业十分发达，盛产粮食作物、蔬菜和水果。科索沃还拥有丰富的矿产资源，像褐煤、沥青、菱镁矿以及金、银、铜、铝、锌、铬等矿藏，是发展有色冶金业的理想场所。

在科索沃的日子我主要干两件事：围观和被围观。旅行者、东方面孔、女性、独自一个人，这在科索沃是炸开了锅。无论是政治还是经济，科索沃被封锁得几乎与世隔绝，我的到来无疑是很轰动的事情。中国，那是一个和

颠沛流离
的美丽

他们从未建交的国家，他们一辈子都去不了的地方。

我等着被偷被抢，却只有众星捧月般被处处围观，这让我有种明星般的小小虚荣。我看到所有的人都对我微笑，男人、女人、孩子、老人，他们用一口美国口音的英文和我打招呼，科索沃的男人们热情地和我拍照，留下他们的邮箱地址和 Facebook。科索沃不仅游客稀少，物资匮乏，也没有看到过卖相机的地方，这些争着与我合影的人好多是第一次照相。

在科索沃旅行不用担心安全问题，战争已经过去，没有战争的日子这里是天堂。在外人眼里，科索沃曾经很"乱"，人口占90%的阿尔巴尼亚人为了独立，对不到10%的塞尔维亚少数民族发起挑衅和冲突，强奸塞族修女，破坏塞族东正教的教堂，掘开塞族人的坟墓，等等。但他们不会去攻击游客，对比偷抢游客的西欧国家，这里是一片乐土。

科索沃曾是中世纪塞尔维亚王国的政治中心，塞族历史和文化的摇篮，这里有众多塞族人的教堂和修道院，是塞族人的精神寄托。所以对于科索沃的独立，塞尔维亚在情感上无法接受，自然要发动战争，后来在美国的干预下双方战争愈演愈烈。

科索沃战争主要是大规模空袭，以美国为首的北约凭借占绝对优势的空中力量和高技术武器，对塞尔维亚的军事目标和基础设施进行了连续 78 天的狂轰滥炸，给塞尔维亚造成了重大财产损失和环境破坏，也造成了许多无辜平民的伤亡。

1999 年 5 月 8 日，北约战机用导弹悍然袭击了在塞尔维亚的中国驻南联盟大使馆。这场空袭让我记住了塞尔维亚和科索沃的名字，13 年后我站在这里，很想给牺牲在异国他乡的同胞献一束花，却被拒之门外。

在普里什蒂纳的北郊山坡，登高远眺科索沃的居民区，红墙红瓦，连成一片，如同这个国家被血染过的记忆。从山坡下走到山头的路上，三个当地小孩一路跟着我。当我停下来休息，胆大的小男孩上来抓抓我的手，好奇地看看我跟他们有什么不一样。

我在街头目不转睛盯着科索沃的美女们，她们个个身材高挑，曲线玲珑，衣着时尚，气质优雅，完全不是战争中衣衫褴褛的难民形象，我把拍下的照片发到网上，朋友们纷纷留言："你去巴黎了？""米兰时装周？"

科索沃男人的英俊远超意大利男人。他们迎面而来帅气逼人，对我笑靥如花，举手投足的气质让人春心荡漾。在某个巷子里，年轻的卖菜帅哥坐在菜堆旁，轮廓分明的五官，有型、性感，又充满神秘，嘴角弯出浅浅的笑。我暗暗地跟自己说：以后一定要再来科索沃买菜。

如今科索沃 4 岁了，步行街的长椅上时髦的年轻女郎们在晒着太阳小憩，大剧院的角落里恋人们深情拥吻，街角的咖啡厅摆着欧洲传统风情的桌椅，办公区里的白领穿着西装拎着公文包匆匆赶去停车场，此时秋叶飘零。

一个街头摆摊的小伙儿引起我的注意，他一身的装扮像电影里的"斯巴达勇士"，中世纪风格的上衣扎进裤腰里，宽松的长袖显出几分洒脱不羁，阳光下他咧开嘴憨憨地笑，在我回眸的一瞬间，那朴素的神情已成定格。

我拿起他摊位上出售的镜框，上面用矿石拼接出科索沃地图，那矿石正是科索沃特有的金属矿产，精致的做工、精巧的设计无不显示着这个"国家"

颠沛流离
的美丽

渴望被世人承认和尊重的愿望。

　　科索沃人民热爱他们的国家，热爱他们的生活，经历了战争和死亡，他们更懂得和平的珍贵，只求安居乐业地活着，那么质朴，那么简单，深深地打动了我。

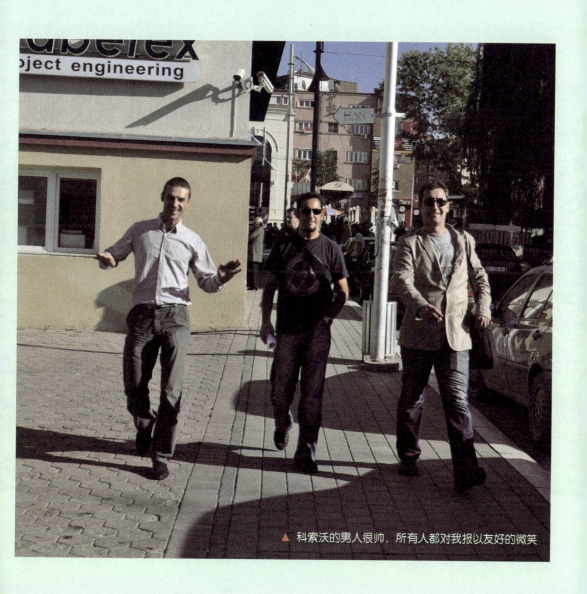

▲ 科索沃的男人很帅，所有人都对我报以友好的微笑

▼ 爆发第一次世界大战的拉丁桥

颠沛流离
的美丽

08

赌注

波黑，发生在这里的二战后欧洲最大规模的局部战争让这个国家名扬世界。首都萨拉热窝，一个让我心跳的名字，一个布满战争伤痕的城市，一个充满故事的城市，东西方的交叉路口。在同一条街上能看到天主教堂、东正教堂和清真寺并存，世界上再也难寻第二个这样的地方。

这一切足以让我下一个赌注，准备再次无签证闯关。赌赢了，我能亲自去看那里的世界；赌输了，我的护照上将留下第一个拒绝入境章，从此留下不良出入境记录。

汽车朝着大山深处奔去，初秋的色彩将群山染得五彩斑斓，时不时出现在山沟里的碧蓝色的湖泊让我不由得发出惊叹，散落在起伏的山丘上的一座座房屋安详地点缀着静静的山林，一片隐藏于世的田园景致让我备受忐忑煎熬的心时而激动跳跃。

汽车出了黑山共和国边境，"波斯尼亚和黑塞哥维那"的路牌跳入眼帘，只有过了今天，我才能知道之后的旅程该如何安排。如果能顺利入境，就在这里待7天，如果悲惨被拒就去克罗地亚，这种刺激与冒险让旅途又充满了兴奋。

我已习惯入境一个国家时被边检人员无尽地骚扰。一个姑娘拿着中华人民共和国护照独自一人来这个偏僻国家旅行，说来没人相信，不免被怀疑是不可告人的别有用心。

　　护照被波黑边检人员收走之后，车上的人们进入长时间的等待。只有我清楚：一定是我的护照出了问题。

　　申根多次往返的签证免签波黑的政策才刚刚出台，为此，我特地从网上找到相关规定并打印出来，以备不时之需。我使劲在背包里掏啊掏，翻遍整个包也找不到那个免签文件，一头冷汗冒出来。关键时刻掉链子，已经不是第一次发生这种事情，我这人胆大心不细，总是丢三落四，记忆清晰地告诉我：这份免签文件丢在黑山的那家旅馆里了。

　　心慌意乱中，我被司机叫下车，再次进了小黑屋。盘问，检查，开行李箱，是独自一人行走巴尔干的必修课。

　　小屋子里，几个波黑边检人员正拿着我的护照看个究竟，其中一个略懂英文的人跟我说："你没有签证，无法入境我们国家。"

　　这偏僻山沟沟里的边检人员不熟悉用申根多次往返签证免签波黑的政策，这几个边检的英文水平也无法很好沟通，如果此刻在我的护照上盖一个拒绝入境章，那么我将永无翻身之地。时间是宝贵的，不能错过他们的"犹豫期"。我当机立断，扔下一句话："我需要翻译！"

　　司机回到车上用当地语言大吼："谁懂英文？"然后用刀子般的目光朝我扫射，那怨气简直要让人受内伤。

　　一个在黑山读书的大学生自告奋勇。我告诉边检，我用申根多次往返签证已经免签去过了罗马尼亚、保加利亚、阿尔巴尼亚、马其顿、科索沃、黑山这些非申根国，申根多次往返的签证可以免签这些国家，包括波黑。

　　几个边检人员开始动摇，犹豫中，他们打电话向上级请示，又打电话去核实我说的免签政策，终于有了一丝转机。

　　我继续利用宝贵时间软硬兼施。"这是我的欧洲梦，我从小喜欢欧洲文化，对巴尔干半岛更是很好奇，现在准备花三个月时间游历欧洲各国。"

　　"中国人对波黑了解甚少，有些人认为这里还在打仗。我亲自来这里旅行，回去后告诉我们国家的人一个真实的波黑。"

　　"旅行者是信使，好架起中国和波黑两国之间的友谊桥梁，我们都需要和平。"

颠沛流离
的美丽

　　将我的糖衣炮弹经翻译的修饰煽情后，边检们耳根子发软了。每个国家的入境边检有很大的权力，即使你有这个国家的签证，边检也有权拒绝你入境；在有的国家，即使你没有这个国家的签证，边检也有权力临时放行让你入境。

　　电话悦耳的铃声带来的果然是好消息，边检们证实了确实有申根多次往、返签证免签波黑的政策，终于盖下了入境章。

　　我挤出假装镇定又自信的笑容向边检们告别，心里却是死里逃生的滋味，这是我第一次严重接近被拒入境，想来还有点后怕，要真把我一个人扔在这山沟里，我该找谁哭啊！

　　回到公车上，等着我的是一车仇人般的憎恨眼神，我让他们等了整整一个小时。大巴司机对我狠狠撂下一句话："以后我再也不搭中国人了。"

萨拉热窝的记者

　　萨拉热窝，从来就是个不平凡的名字。

　　萨拉热窝的枪声引发了第一次世界大战，4 年的波黑战争，世界新闻里频频出现，它注定不平凡，注定繁荣如群星闪耀，而我从没想过，这座城市会跟我有什么关系。

　　在去萨拉热窝之前，我只知道一句话："看，这座城市，它就是瓦尔特。"

　　萨拉热窝的青年旅馆里，我的电脑里放着电影《瓦尔特保卫萨拉热窝》。一部革命情怀的老电影，让中国人记住了"萨拉热窝"这个名字，也把它和战火联系在一起。

　　漫不经心地用这部电影在萨拉热窝消磨时光，我在等他，那个给我弄塞尔维亚邀请函并曾被我怀疑是骗子的记者，他叫海。海在波黑有采访任务，我迫不及待地约他在萨拉热窝见面，要跟他结伴而行。

　　海曾打算见到我之后跟我开玩笑，说他自己是个国际连环杀手，全世界走哪儿算哪儿寻找下手目标。就在见到我可怜巴巴的样子那一刻，玩笑最终没有说出口。

　　就算他是杀手，我也会跟他一起走。网上铺天盖地关于前南斯拉夫的消息只有战争与屠杀，行走在未知的世界，新鲜感的背后是孤独。在我最孤独的时候遇到了他。

　　海披着国内一家一流媒体记者的外衣，过着流浪的生活。穿的一身衣服似乎已经一个星期没洗，背上瘪瘪的旅行包不像是已经旅行两个月的样子，

很难想象采访威尼斯电影节、奥斯卡颁奖的大牌记者会是这样一身邋遢不修边幅的模样。海的一年中的大半时光都在世界各国流窜，他干着让所有人都羡慕的事情：全球冒险。

我用丰盛的西红柿炒鸡蛋来招待他，这是我仅会的两道菜之一。为了庆贺我们即将开始的一起旅行，我还特地准备了两瓶当地啤酒。饭桌前海告诉我，他不吃鸡蛋，自己有低血糖，喝酒了就会晕厥。我勒个去……

米利亚茨卡河穿城而过，不算太高的小山头把萨拉热窝四周包围起来，山上都是居民房子，波黑战争时期这些山头是塞族的阵地。萨拉热窝被围城三年，整个城市的建筑几乎全部被毁，那时走在街上随时都有可能被狙击手干掉，曾是世界上最危险的地方。如今的萨拉热窝街头到处是炮弹轰炸过的痕迹，就像是某个枪战片的拍摄现场。战争，就发生在20世纪90年代。

坐着公车驶向米利亚茨卡河边，我们去寻找一座桥。在那座桥边塞尔维亚爱国者普林西普刺杀了奥地利斐迪南大公，从而引发了第一次世界大战。

还没有到目的地，海激动地中途下车，我随他奔向一个写着"Don't let them kill us"（别让他们干掉我们）的条幅。海的眼睛里透出万丈光芒，如发现稀世珍宝一般。"这是1993年萨拉热窝小姐选美的横幅！"

▼ 引发第一次世界大战爆发的拉丁桥

▲ 波黑内战期间，萨拉热窝全城被毁，面目全非

▼ 1993—1995 年萨拉热窝遭三年围城轰炸，人民躲进"城市生命地道"得以生存

VRATA GRADA
SARAJEVA

1993 - 1995

SARAJEVO
CITY GATE

SARAJEVO - OLYMPIC CITY 1984
- SURROUNDED CITY 1992-1995
Almost 4 years under siege · Over 11000 killed people

FREE
BOSNIAN TERITORY

SERBIAN FORCES

SERBIAN FORCES

SERBIAN FORCES

SARAJEVO
BOSNIAN TERITORY

▲ 萨拉热窝曾是奥运会的举办城市，冬季奥运会第一次来到社会主义国家

1993—1995 年波黑内战，在绝望的战争生活中走出了一位萨拉热窝姑娘伊奈拉·诺吉克（Inela Nogic），在战火纷飞的岁月里仍未失去对生活的热爱，去参加世界小姐选美。在世界舞台上打出了"Don't let them kill us"这个横幅，她祈求世界和平，期待自己的家园不再受战火摧残，告诉世人萨拉热窝人们对和平的渴望和热爱，一时间世界为之轰动。

萨拉热窝小姐感动了世界三大男高音之一的帕瓦罗蒂和 U2 乐队。1995 年 U2 为战火下的波黑写了一首歌《萨拉热窝小姐》Miss Sarajevo，描述伊奈拉在家乡战乱时出国参加世界选美大赛的故事，其中一段由帕瓦罗蒂亲自演唱。MV 以半纪录片的形式拍得非常感人，加上了战场拍摄记录，生动而真实，触动人心。《萨拉热窝小姐》这首歌使得波黑战争更受世人瞩目，巴尔干的和平问题因此也受到更多人的关注和思考。

海开始在萨拉热窝疯狂寻找萨拉热窝小姐，她已经是两个孩子的母亲，最后一次在媒体前露面是在半年前。

每当海跟采访对象谈起波黑的文化事业发展和各种宗教信仰的教义时，我插不上任何话，自信心受到前所未有的打击。"跟你在一起我会自卑"，这是我常跟海说的话。

海本是理科出身却遭文艺毒害，找不到专业对口工作，索性就做了记者。记者这个工作入行不难，但是要做好非常不容易，优秀的英文沟通能力、对世界各国文化宗教的深厚了解使得他在全世界四处流窜胜似闲庭信步。

海说："我很叛逆，不喜欢读书，不喜欢课本上强行灌输的东西，自己看课外的东西，从小就对了解和研究其他国家文化感兴趣。"

我们最终没有找到那位萨拉热窝小姐，但遗憾让我们更加深刻地记住了萨拉热窝的名字。海的精力极其旺盛，有时候会半夜拉我出去采访。晚上 10 点多，我不得不顶着寒风出门，约见土耳其的官二代，游走在古老又沧桑的萨拉热窝古城，看"红色玫瑰"的故事，被炸得残破的教堂大门紧闭，街头卖唱的吉他手欢乐的歌声让我们驻足。

战争前的萨拉热窝繁华一时，这里曾是 1984 年冬季奥运会的举办城市，海自然不会放过这里的任何故事：奥运会，萨拉热窝的罗密欧与朱丽叶，被射杀的年轻恋人，女作家，伊斯兰庭院。我屁颠颠地跟随其后，以他的私人秘书自居。

颠沛流离
的美丽

大屠杀幸存者

拐过坑坑洼洼的石板小巷，巷子的深处有一家咖啡厅，温馨低暗的灯光，柔软的沙发，吧台的陈列柜上摆满各种酒，屋里弥漫着古典抒情的乐曲。

海带我来这里见一个特殊的人，他说我一定会感兴趣。

走进咖啡馆，角落里一个年轻小伙儿朝我们招招手，那是个典型的东欧人，轮廓分明的脸庞，挺直的鼻梁，健硕的身材。他旁边坐着一个当地姑娘。

海悄悄用中文跟我说，他是斯雷布雷尼察大屠杀幸存者艾哈迈德（Ahmed），他的爸爸和哥哥都成为20世纪最后一场大屠杀1万多冤魂中的几个数字，旁边是他的女朋友——在萨拉热窝三年围城中忍饥挨饿但有幸活下来的埃斯玛（Esma）。我的心咯噔了一下。

气氛有些尴尬，所有人都明白记者约见的这次聚会是想了解什么，他那道伤疤谁都不敢轻易触碰。在东拉西扯中，还是艾哈迈德打破了这热闹的沉默："如果让我见到那个杀死我父亲的人，我一定会杀了他。"

那是1995年7月，那一年艾哈迈德才16岁，住在波黑与塞尔维亚交界边境一个叫斯雷布雷尼察的小镇上。小镇距塞尔维亚边境20公里，距离首都萨拉热窝100公里，以银矿而闻名，居住着一群信奉伊斯兰教的穆斯林老百姓。

那一天人们如往常一样生活，孩子上学，男人干活，女人忙着家务。波黑的塞族军队突然出现在他们的生活区，即使联合国维和部队就驻守在几十公里之外，塞军仍在短短几天之内以种族清洗的名义对这里的老百姓进行了惨无人道的屠杀，一时间尸横遍野。

人们为避免砍掉耳鼻而自杀，成人被迫观看自己的孩子被杀，妇女当着子女和丈夫的面被强奸，一些人的喉咙被割开，不少人是被活埋的，还有孕妇肚子被活生生用刀划开。

在那场种族屠杀中幸存下来的人是幸运的，但他们的心中从此充满恐惧，已遭受不可恢复的心理创伤，有的不敢返回家乡居住，也不敢在另一个地方开始新的生活。

为什么下手如此惨绝人寰，也许得从15世纪说起。1463年波黑被奥斯曼帝国入侵，一些波黑人被迫改宗伊斯兰教。早期政府为了鼓励这里的人们信奉伊斯兰教，出台政策规定穆斯林可以免税。所以波黑境内的穆族人自然被正统血统的塞尔维亚人认为是民族叛徒，种族败类。

分别时艾哈迈德挽起裤腿让我看，他的小腿上文了四个中文字："信心命运"。战争与灾难是逃不掉的命运，活下来的人带着信心度过余生，经历了生与死，艾哈迈德的人生已是另外一种超脱吧。

无法相信在1995年的人类文明社会里会发生这样的事情。是谁下达的屠杀命令？究竟有多少人被杀？第二天起了个大早，海跟我一起坐上从萨拉热窝前往斯雷布雷尼察的长途大巴。顾不得去换钱，买完车票后两人身上一共还剩5块多当地币，用最后的一点现金在超市里买了两包最便宜的饼干当一路的充饥之物。兜里一两块钱，两包饼干，冲向百里之外的边境，回来的路费还没有着落，我也跟着疯了。这种随性的性情，让我和海在旅途中处处

鲜花后的石碑上刻着遇难者的出生年份，最小的遇害者当时7岁

一拍即合。"去了再说,管那么多呢"。

100 公里的路程弯弯曲曲走了 6 个小时,初秋的山峦层林尽染,一路的风光既有奥地利田园景致的安逸,又有几分瑞士山水的秀美。在快到达斯雷布雷尼察的地方,海拉着我半路下车。

那是一片不算高的山峦,山坡下成片的墓地透着幽怨的气息。海告诉我,1995 年塞军把穆族老百姓屠杀之后,草草地用推土机将尸体填进乱葬墓里,这里就是死难者的墓地。墓碑细细长长,有的刻了死者的名字,更多的是无名的墓碑,每一个来到这里的人都顿觉沉重而伤感。

墓地的入口处挂着波黑国旗,石碑上刻着"大屠杀"(Genocide),这是个不会轻易使用的英文词汇。死难者的人数写着"8372…",实际死亡人数从 7000 人至 11000 多人,各种说法不一。

一排弧形的石碑上刻着死难者的名字和出生日期,那个数字让我们俩沉默许久:1988 年,最小的死难者当时只有 7 岁。

墓地对面废弃的仓库已改造成大屠杀纪念馆,里面存放着死难者的遗物,仓库里冷飕飕的寒气让人忍不住打了个寒战。遗物里陈设着没有写完的家庭作业,正准备用打火机点的烟,等着孩子放学的母亲照片,还没怎么使用的新眼镜……这一切定格在 1995 年 7 月。

2002 年海牙法庭对当时的南联盟前总统米洛舍维奇进行审问,指控他在波黑战争期间曾犯下种族屠杀罪、反人类罪和战争罪。米洛舍维奇慷慨陈词,舌战法庭,否认斯雷布雷尼察大屠杀。

离开墓地的时候,我在门口的留言册上写了一句不同于以往的留言:"希望世界永远和平。"

带着一颗压抑的心,我在墓地前拦车。很快,一辆奥迪停下,车主是个 20 多岁的小伙儿,他从墓地带着我们去最近小镇上的长途汽车站。一路上彼此没有说过一句话,没有以往搭顺风车的欢声笑语和各种好奇,没有问我们来自哪里要到何地。

蹚雷区

来波黑的第六天，我仍读不顺波黑的国家全称"波斯尼亚和黑塞哥维那"，这个国家北部是波斯尼亚，南部是黑塞哥维那。我只能用"波斯尼亚"一语带过，我仅能记住这个。跟海一直南下，到了个破破烂烂的小城，那是波黑战争中打得最激烈的地方，海跟我说：你必须学会怎么读波黑的全称，这里是黑塞哥维那的首府莫斯塔尔（Mostar）。

莫斯塔尔依山傍水，一条弯曲的小河穿城而过。整个城市布满弹痕，满目疮痍。这片土地上曾发生了二战后欧洲最大最惨烈的局部战争，满大街弹孔的大洞小洞见证着这一切。和战争如此近距离接触，让人触目惊心，悲情满怀。

即使这座小城已经被联合国教科文组织授予世界文化遗产称号，也掩盖不了它的伤痕累累。我总觉得这样的地方应该住着许多明日又天涯的过路客，塞满了流动的故事。

城中一座古老的桥是莫斯塔尔的标志。桥两头是碉堡形石头建筑，以前一头是守桥士兵的兵营，另一头是军火库，都在内战中被炸毁。战争结束后由世界银行出资进行修复，从河里打捞出被毁的材料加以利用，尽量按原貌修复。桥面铺设的大理石板非常光滑，我小心翼翼行走其上，还是一不留神摔了一跤，膝盖上磕了块瘀青。

稀里糊涂地跟着海跳上了一辆公车，没有问去哪里，反正跟他走准没错，一路向郊区驶去。起伏的山峦，初秋的色彩，平缓的原野，弯曲的河流，成

颠沛流离
的美丽

片的葡萄庄园，散落在树林里的居舍，一幅宁静美好的家园画卷。难以想象到在 10 多年前这片土地上，穆族、克族武装两军对峙，双方投入的力量约 40 万人，动用了包括飞机、坦克、大炮在内的几乎所有重武器。战火烧遍波黑全境，异常惨烈，直至 1995 年底，打得精疲力竭的双方才在美国的干预下在美国签署了和平协议。

公车在一处山洼里停下。一条小河从身边流过，金秋的色彩把这里染得绚烂，偶尔几片黄叶从树的顶端飘飘摇摇地落下来，阳光透过树梢投影在河边白色的房子上，弯弯的石拱桥静静地趴在波澜不惊的河面上，斑驳的桥身与沿河沉郁的房屋彼此映衬如一幅壁画。

河边围栏里关着几匹强壮的马，不安分地盯着我们这两个不速之客。此情此景，小桥流水人家，古道西风瘦马，人在天涯。我扯了一把草，试图演绎出喂马、劈柴、周游世界的浪漫场景，马儿们凶巴巴地围攻过来，龇牙咧嘴地像要一口咬掉我的手。

扒开残破的铁丝网，钻进一片山坡下的五彩树林，波光粼粼的河面秋叶零落，草地上星星点点盛开着五颜六色的小花，微风里透着一股慵懒的气息。在一根木桩边停下，从海那里搜刮来他随身带的旅游书，席地而坐，在林子

▲ 莫斯塔尔古城以北 70 多里的郊外

▲ 莫斯塔尔的老桥，曾在波黑内战中被毁，现被联合国教科文组织列为世界文化遗产

里看书小憩。人生最好的境界是风景里的安静。

林子的尽头被一片围墙拦起，挡住前行的路，围墙外可见稀稀拉拉的村舍。海指指围墙："翻过去。"

我在上幼儿园之前就开始翻墙爬树上屋顶，在乡下果园里偷摘果子，上小学后和小伙伴们打架斗殴，至今脑门儿上还有摔伤缝针的印记。我本想在海面前装装淑女，旅行净让人展现最率真的一面，在他眼里我就是个好哥们儿。

围墙很高，翻过去十分吃力，使出所有的臂力仍无法爬上墙头。岁月不饶人，小时候的战斗力一去不返了。我想放弃，原路返回，哪怕再走半个小时回头路。

海急忙拦住我的退路，镇定地说："我们刚刚走过的是一片雷区，走到一半的时候我才发现雷区标志，我没敢跟你说。"

我脚一软，差点坐到地上。"什么？雷区？你靠不靠谱啊，你怎么做记者的！"突然间不知道哪里来的力气，我一口气翻过围墙，干净利落地跳了下去，一边喋喋不休，一边惊魂未定。

　　我瞪着他，他干了所有我想做却做不了的事情。房子、车子、职位、赞许、崇拜，这些物质和精神的虚荣对他来说都构不成吸引力，广阔的眼界、深刻的思考、黑色的幽默足以让他活得充实。作为记者，他目睹过众多形形色色的人，耳闻过各种大起大落的事，在勘破成功与失败、荣耀与屈辱之后，他变得愈加平和与谦卑，心灵轻得像一颗尘埃，却带着自己的傲骨。

　　为了采访，海曾躲在印度的火车铁皮柜里蹲了 10 多个小时，在暴雨之后坐着皮划艇蹚过洪水到缅甸边境，在中美洲和他同行的德国小伙伴被抢得赤身露体……。如果我早知道他的"辉煌历史"，我断然会想尽一切办法去塞尔维亚与他会合，早日和他结伴同行。

　　从此之后，我的旅行再也不想用最少的钱去最多的国家，而是在最少的地方静下心来体验人生的千姿百态，就像我与海一起走过的波黑。

　　世界越来越像我的家，旅行是在好好地看看我们的"家"，与生活在不同角落的"家人"们重逢。

▲ 居民的房子满是弹孔

09

免费晚餐

有些地方之所以称为"天堂"不仅仅是因为风景美丽，还有一种让人释然的轻松感。克罗地亚就是这样一个地方，它是穷人艺术家和百万富翁们的避世之所。

从波黑莫斯塔尔到克罗地亚最南端的城市杜布罗夫尼克（Dubrovnik）只有几个小时车程，这座克罗地亚最受欢迎的旅游城市有"橘红色的圣托里尼"之称，如果说希腊的圣托里尼用尽了世间最美的蓝色和白色，那么杜布罗夫尼克则用尽了世上最美的橘红色和蓝色。橘红色的屋顶，依偎在蓝色海边的小镇，如此色调，华丽却不张扬，安静又不失生动，一切描述它的语言都是多余的。

窗外变幻的景色总是让人惊喜不断：眼前有深邃的大海，转头就是高高的山脉，森林下方是绿色的平原，高原牧场上可以看到低处的深谷。

克罗地亚是前南斯拉夫列国中经济比较发达的国家，旅游资源非常丰富，与意大利隔海相望，长长的海岸线，茂密的森林覆盖，到处是珍稀野生动物，人与动物和谐相处。海边坐落着被厚重城墙包围的中世纪古城，罗马风格的建筑比比皆是，清澈的海水环绕着一个个铺满红顶房子的岛屿，沉静的渔村里人们日出而作，日落而息。在这一条长长的海岸线上，你能看到亚得里亚海 13 世纪时的样子。

　　从汽车上下来，脚跟还未站稳就被拉客的人团团围住。当地居民把自己家改造成民宿，拍上房间的照片，拿着花花绿绿的相册来车站拉客，各家指着自己家的房子，都说如何温馨舒适，宾至如归。

　　克罗地亚的民宿一般都没有安装 WiFi，无法上网。很多中国旅行者虽然行走在不同的国家，而始终不离微博、微信、论坛。马可波罗那个资讯闭塞的时代让人神往，今天我来到马可波罗的故乡（克罗地亚的科尔丘拉 Korcula 岛，当时归威尼斯王朝统治），果断决定：断网。

　　克罗地亚人民拉客的功夫不亚于中国人，但拉客归拉客，他们绝不会宰客。同样在开发旅游资源的黑山走的是吸引外资建造豪华酒店的高端路线，而克罗地亚则发展本地人自己的小民宿，全国上下价格几乎统一都是 14 欧元一个房间。

　　我不习惯一下车就投降，怎么着也要"挣扎一下"。拖着箱子往古城方向走去，继续被拉客居民骚扰，直到最后招架不住，从了一个面善的妇女。

107

▲ 让我着迷的亚得里亚海，地中海的一个大海湾，在意大利与巴尔干半岛之间

　　原以为民宿拉客只是克罗地亚最热门的旅游城市杜布罗夫尼克的特色，一路往北走到斯普利特（Split），拉客更为凶猛。抵达斯普利特是在一个风雨交加的夜晚，逼人的寒气冻得我直哆嗦，从汽车站一出来立刻被拉客的当地人包围。凄风冷雨中，他们一手打伞，一手拿着自家旅馆的相册，向来来往往的旅客展示着。有的人双手已冻得绯红，有的冷得把脖子缩到衣服里，可怜兮兮的样子。

　　在车站等车的时候，偶尔会有当地人过来问我时间，以此为开场白和我聊天，然后问到晚上住哪里，再掏出自己家旅馆的相册。不知是因为克罗地亚人太勤奋，还是这个地方经济不景气，才使得当地人如此卖力做生意，这在欧洲其他国家前所未见。

　　一路往北，与2012年欧洲第一场雪邂逅，天地间一下子安静了下来。这雪来得太快，我的心还停留在爱琴海的夏天，眼前的亚得里亚海已变成了白雪纷飞的世界。远山、木屋、炊烟、小树林，还有无尽头的海岸线，瞬间组成了一个神奇的童话世界。

这里的湖泊也变成了色彩重叠变幻莫测的模样，层林尽染，流光溢彩，潺潺的大小瀑布散落在群山之间，雾气阵阵，这片神奇的山沟被台湾游客称为"欧洲的九寨沟"，门票价格却不到100元人民币。16个晶莹剔透的湖泊沿着山势由高向低错落有致，台湾游客便给它起了个别名：十六湖。

十六湖完全是九寨沟的模样，高峰、彩林、翠海、叠瀑。泛舟在湖上，刺骨的寒冷提醒着自己还身在人间。此番天堂般的景致隐藏在南欧的山沟里，游人罕至，岁月静好。

稀稀拉拉的小村庄散落在十六湖公园周围，在我敲到山村里第五个农家院大门之后，终于有人开了门，那是个体态丰盈、保养得很好的妇人，一脸福相，丈夫外出打工不在家，女儿还在读中学。一顿比画之后，农妇把她家阁楼让给我住，尖顶的木制阁楼里推开窗就是远山近林，云雾缥缈。

20分钟不到就把这个不知名的小村庄逛了个遍，没有找到任何超市，十六湖公园大门边唯一的一家餐馆在下午5点半关门下班。此时天色渐暗，白雪泛着幽蓝，村庄里的木屋房子透出橘黄色的光。两个月前我是个准小资，在北京约上朋友去各家餐馆只点拿手菜，再去咖啡馆里泡上一下午装装文艺，在欧洲我变成了一天吃一两顿即可，甚至不吃也可以的女汉子了。

但这山沟里的寂静美丽还是敌不过饥饿，我咽了咽口水，光着脚丫下楼，试图去厨房讨点主人的剩饭剩菜，却啥也没有。我拍拍肚子，跟女主人说："能不能给我做一顿晚餐？我单独付钱。"

基本不懂英文的女主人明白了我的意思，一会儿工夫，女主人端了一桌子热腾腾的晚餐进了我的房间。意大利面条、面包、沙拉、热汤，尽管都是我不爱吃的东西，我还是狼吞虎咽地扫了个精光。

女主人坚决拒收晚餐的钱，她说，这只是一顿家常便饭而已。

没有什么比雪中送炭更让人动情的了，这种温暖和感动一直流淌到我心里最柔软的深处。

我走过的
前南斯拉夫

111

▲ 俯览杜布罗夫尼克古城

113

▲ 俯览赫瓦尔岛的港口

今夜， 住在瀑布之上

海的推荐让我鬼使神差在一个
天色渐黑的傍晚来到一个未知的小
村庄，那是个什么地方恐怕他也说
不清楚。我竟不知道世界上有如此
神奇的地方，斯卢尼（Slunj）村，
由木屋、流水、瀑布、树林组成的
完美画面。

地势的起伏造就了山间成百上
千的涓流和大小瀑布，灵动而静谧
地流淌着，而居民的房子就建造在
一层层的瀑布流水之间。巨大的流
水声在这里回荡，袅袅炊烟从错落
的树林中升起，小木桥连接着瀑布
之间的陆地，水花飞溅。这里游客
罕至，这村庄成了仙境里被人遗忘
的角落。

斯卢尼村就在十六湖的不远
处。吱吱呀呀的水磨声音隐约能从
瀑布流水声中分辨出来，石碾子在

颠沛流离
的美丽

115

▲ 亚得里亚海的海岸线

深深的石槽中碾磨着东西的响声从一扇厚重而古旧的木门后传出。这是我第一次见到水磨房，这块叫作Rastoke的水磨机聚集地何年何月所建并无记载，一眼望去便知历史之久远。那层层叠叠的水流竟能将巨大的碾砣冲得飞转起来，碾米磨面。带着机器的"轰鸣"，水流激越的歌唱和着谷物在石磨中被碾碎的声音，听起来十分悦耳，回味绵长，仿佛是大自然的天籁之音，让人急不可待想探寻这里古老的秘密。

不食人间烟火才能相配这么美妙的地方，全村唯一营业的菜场就是个小卖部，出售的只有新鲜的蔬菜和鸡蛋，而我想吃肉，无论是猪肉、牛肉、鸡肉，都可以，有点荤腥就行。

囊中羞涩的口袋里只剩为数不多的一点现金，这里很多地方无法刷信用卡，为了省钱，晚饭只能自己买菜自己做。我从一个在家从不做饭洗碗的懒小姐变成了一个任劳任怨下厨洗衣的好姑娘。

数日前的希腊，我在ATM机旁数着花花绿绿的欧元。国内的借记卡可以在欧洲很多国家的ATM机上直接取当地货币，每笔收取10~30元人民币不等的手续费甚至不收手续费，只要这台ATM机上有中国银联的标志就表示支持中国的借记卡，在国内存人民币，在国外取当地货币，这样可以不用

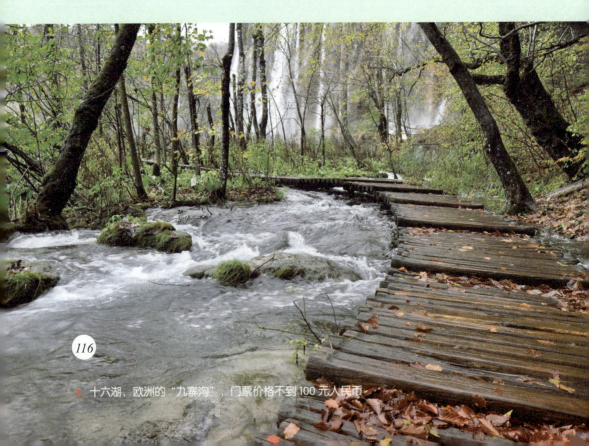

▲ 十六湖，欧洲的"九寨沟"，门票价格不到100元人民币

带大量现金去旅行。在希腊取了 1000 欧元现金带在身上，我知道前南斯拉夫列国不支持中国银联，无法取现金，算算 1000 欧元行走列国应该足够了。

走到第五个国家克罗地亚，这里高昂的消费让现金急剧减少。电饭锅一路已经背了一个多月，终于被我从箱底掏了出来。我盘算着身上的现金如何才能坚持到奥地利，我敢肯定奥地利的 ATM 机是支持中国银联，可以取现金的。

电饭锅成了我的救命稻草，我庆幸带上了它。在十六湖曾遇到一个加拿大姑娘，背一把吉他，流浪欧洲；而我，一个中国姑娘，背个电饭锅环游欧洲。对不起，我给祖国丢脸了。

今天是周日，给原本冷清的村庄更添了几分寂寥，仅有的一家大超市关门歇业，那里是唯一能买到肉的地方。为了一块肉，我把整个小村庄走了个遍。跨过一座又一座木板桥，踩过一阶又一阶浑然天成的栈道，在一片又一片碧玉般的湖面间跳跃，又穿越了一个又一个丝绸般的瀑布，吃肉的美梦最终随着水流而远去，今晚，只能粗茶淡饭。

我很挑食，面包不愿吃，奶酪不愿碰，胡萝卜和洋葱吃了想吐，西餐大多没有能入我口的，旅途中只能靠两样菜过日子：西红柿炒鸡蛋和炒牛肉。此刻我多么怀念香辣牛蛙、水煮牛肉、酸菜鱼、毛血旺、干锅手撕包菜、辣子鸡……也就只有想想的份儿了。

大清早被水声吵醒，推开木屋阁楼的窗子，与世隔绝的仙境一度令我以为还在梦中。远处是起伏的山丘，蜿蜒的公路消失在树林中，近处的层层瀑布升腾起淡淡的薄雾，如丝如烟，风吹过，浮起的轻烟缓缓飘散。这里没有"遥看瀑布挂前川"的壮丽，没有"飞流直下三千尺"的动人心魄，连急淌的水花都带着从容的安逸。

我喜欢这凝重的色彩，这让我从内心深处感到，有一种幸福叫自在。

清明节逛墓地

　　融雪的寒冷仿佛要抽走身上最后一丝热量，一切都阴沉沉的，周围的气氛如这阴冷的天气般越来越沉重。城市的广场或是郊外的田园处处可见无数鲜花与烛台，这几天正是克罗地亚的"清明节"。

　　塞族、穆族、克族，这三个种族的冲突让巴尔干半岛动乱不堪。克罗地

　▲ 斯普利特小城郊外的古罗马废墟 Salona，这里曾是罗马帝国统治时期达尔马提亚省省会

亚是克族人的主要居住地，处处可见前南斯拉夫战争的痕迹，我小心翼翼不去触碰昔日的伤痕。这里的人们不愿将 1991 到 1995 年那场战争称为"前南内战的一部分"，对他们来说，这相当于一次"反殖民独立战争"。城市中心的纪念碑、广场、郊外的公墓，人们用鲜花和烛台纪念所有在"独立战争"中死去的人。

别跟克罗地亚人提"巴尔干"，"巴尔干"在世人眼里代表战争、落后、火药桶，克族人信奉天主教，努力地把自己和西欧主流世界融为一体。

领带的发明是克罗地亚人的骄傲。在 17 世纪，法国雇用了克罗地亚骑兵参与战争，克罗地亚骑兵为与法国军队区别，每个人的脖子上都系了一条彩色围巾，据说它代表着爱。这一装扮受到法国人的注意和喜爱，并在法国保留下来，发展成了今天的领带。至今克国人民引以为傲，用此来区分自己与巴尔干半岛上"蛮夷之族"的不同。

旅行中遇上当地重要节日我不会轻易错过，眼前这个节日却那么尴尬。传统的中国观念让我对于墓地存有几分敬畏之心，而旅馆里萍水相逢的德国

119

旅行者跟我说，在欧洲，每到一个城市有三个地方应该去：咖啡馆、教堂和墓地。我为这话动心，几番犹豫之后，决定去郊外的墓地看看。

"什么是战争？战争就是眼看着你周围的人一个个死去，只有你活下来。"当地的一个年轻姑娘跟我这样形容她对战争的记忆。那个时候，她还在读小学、高中，上课上到一半的时候时不时听到空袭警报，得躲进防空洞。当身边有朋友亲人在战争中死去，心理阴影在人生中便无法抹去。

战争有多苦难，和平就有多珍贵。战争是浩劫、灾难、国破家亡，但又可能带来和平、新的发展机会、社会财富的重新分配、政治格局的巨大变化、利益集团的优胜劣汰。经历了前南斯拉夫的种种，我想，如果有一天自己面对战争和死亡，也许会很平静。

颠沛流离
的美丽

首都萨格勒布郊外的墓地可以用"壮观"来形容。成片的墓地布局井然有序，密密麻麻的墓碑竟没有任何雷同的，每一块都是一件精致的艺术品，再配上四季常绿的植被和插花，摆满蜡烛、陶瓷、十字架的石台，难怪曾有人形容"欧洲的墓地是首雕塑诗"。

这里每座坟墓都埋葬着一个故事，它们没有荣军院的荣耀，没有先贤祠的神圣，甚至有的墓碑上连名字都没有。上祭的烛台大概人民币 10 元一个，有些上坟的人会从他人墓碑前顺走烛台，这里没有鬼神之说，自然不怕冤鬼缠身。

我顺便了解了一下"房价"，一块长 2 米、宽 1 米的露天阴宅地价要 1 万欧元，好一点的大理石墓碑差不多 2 万欧元。有钱有势的，则有机会"住到"遮风挡雨的长廊里，平民小卒就只能散落在平地上任由风吹雨打。犹太人、塞族人、克族人在此和平共处，不知道他们在阴间会不会也相敬如宾呢。

当我告诉在国内的朋友，最近的旅途我迷上逛墓地，大家说我疯了。实际上，在欧洲，墓地和教堂、公园一样被视为生活环境的一部分，墓地甚至是恋人们常去幽会的地方，完全不是中国人对墓地"月黑风高、鬼哭狼嚎"的想象，这就是中西方文化的差异。

欧洲很多墓地都建在市中心，小区旁、大马路边、商店对面，随处可见。墓园里很多人在看书、晒太阳、散步，有些人把布铺在草地上吃午餐，就和公园一样。墓地里古树参天，绿草茵茵，雕塑林立，那是一种非常宁静的感觉，活人和死人一起享受着墓园里的安详、鸟语花香与和煦的阳光。这是一个逝者与生者相聚的地方，生与死没有界限。走进欧洲的墓地才称得上真正走进了欧洲人的生活。

和海在失恋博物馆分别，这家伙在博物馆里久久地悼念他的爱情。倒不是他的爱情经历有多么刻骨铭心，而是这家伙走过 40 多个国家，爱过 400 多个姑娘。才华横溢又浪荡不羁的他对待每个姑娘就像对待人生的第一次，对待每次旅行就像人生的最后一回。

▲ 布莱德湖边，阿尔卑斯山下的城堡

颠沛流离
的美丽

10

斯洛文尼亚
洞与湖的风景

我成了"穷光蛋"

我至今都读不出"Ljubljana"卢布尔雅那的发音，绕舌的念法让我只能在表达它的时候比手画脚。这个名字却有着浪漫的含意，在斯洛文尼亚语中，它是"被爱"的意思。我想，这是一个充满爱的地方。

卢布尔雅那是斯洛文尼亚的首都，这个国家在南斯拉夫中最早分裂出去，独立战争只打了 10 天，死了 18 个人就草草收场，这恐怕是史上最容易"得来"的国家。然而，南斯拉夫新的统治者却没有料到，继斯洛文尼亚独立之后，克罗地亚、黑山、马其顿等纷纷效仿，前赴后继地独立了，鼎盛一时的南斯拉夫于是四分五裂。

斯洛文尼亚带着浓浓的奥匈帝国的痕迹，阿尔卑斯山脉将它隔在了富裕和强盛的另一边，这使得游客极少踏足。这个欧洲面积最小的国家之一，却有着欧洲最变换多端的地貌，大片的森林、雪山和湖泊，以及喀斯特溶洞。

夜火车把我带到这个宁静的城市，在火车站边找了个最近的旅馆投宿。要不是拥挤的旅馆里散发的人肉味，我不会在这个冷风潇潇的下雨天坐一个小时公车去波斯托伊纳溶洞。

在波斯托伊纳溶洞前，我用信用卡买了门票，拿出 100 欧元租了一个中文讲解器，我这才意识到身上的现金只剩下几十块钱，我成"穷光蛋"了！

无论你是什么样的状态，这个世界上永远有同样的人。像我一样掏出口袋里最后一点钱来参观溶洞的还有个大胡子，他叫杰米，我们乘坐同一辆齿轮小火车进入洞穴，他和我同座。我相信杰米是活在另一个世界里的人，尽管他自称他只是一个"洞穴探险者"。

进入溶洞，一种深不可测的感觉厚厚压来。这个叫作波斯托伊那（Postojna）的溶洞全长27公里，洞深115米，海拔562米，一入洞口就寒气逼人。未知的地下世界让我有种紧张感，而摄影师杰米却兴奋得上蹿下跳，他特地来捕捉洞穴里的美景，打鸡血般的热情驱走了我的紧张，我决定紧随其后。

波斯托伊那溶洞远近闻名，早在200年前欧洲王公贵族就慕名而来，能来此溶洞探险在那个时代是一种精神标志和身份象征。那时基本还没有电力，洞穴的照明全靠火把，入洞探险一次的费用异常昂贵，不亚于现在登一次珠峰、去一次南极。最痴迷于洞穴探险的莫过于大名鼎鼎的茜茜公主的老公奥地利国王约瑟夫，在强盛一时的奥匈帝国时代，这位英俊的国王经常来此洞穴畅游。

我在一座宫殿般的大洞穴前驻足，这个面积约3000平米的空场是一个音乐厅，现在还经常在此举行岩洞音乐会，溶洞的结构使得洞内音响效果奇好，乐曲声如天籁之音绕梁三日。洞顶高悬的钟乳、粗壮挺拔的石笋、潺潺流淌的小溪，配上这场景，恐怕是世界上最美妙的视听享受。

杰米遇到了麻烦。洞穴内严禁拍照，尽管有无数的游客无视规则举起相机偷拍，杰米却全神贯注地待在一个地方取景，自然枪打出头鸟，他成了反面典型，被安保人员要求删除照片。

杰米哪里肯干，和安保人员争辩起来，欧洲人吵架的场面让我这个爱看热闹的人无比好奇，欣然围观。身边的欧洲游客们瞧了两眼，便不搭理，继续游览，剩下我一人包场看吵架。在欧洲人的世界里，别人的事与自己无关，不会三姑六婆围一起张家长李家短，没人去过问或在意别人的私事。这孤独的观望让我觉得好无趣，看了一会儿就灰溜溜地走了。我想，杰米会誓死保护他珍贵的照片的，祝他好运。

从溶洞出来已下午3点，饥肠辘辘，路过香飘四溢的美食街，把口水强行咽回肚子里，摸摸口袋里的几十欧元，我还要靠它过三天呢。

颠沛流离
的美丽

信用卡套现

　　小时候曾经做过这样的梦：在群山环绕的湖泊中泛舟，一群天鹅从身边划过，湖边的森林一望无际，教堂的钟声在空中回荡，城堡上一个王子正向我眺望……如果世界上真有这样一个湖，我便是那童话中的公主。

　　第一眼看到布莱德（Bled）湖的时候就有一种似曾相识的感觉，尽管此时冷风阵阵，风雨欲来。风推动着水墨色的雨云从山背后漫过来，渐渐布满湖上方的天空，空阔的湖面上一片沉静。

　　这湖水来自远处高耸的雪山，那山脉叫作阿尔卑斯。无边的原始森林，此起彼伏的山峦，终年积雪的阿尔卑斯山巍峨的山脉在小镇周边绵延开来，在雪山的映衬下，湖边的城堡更显得妩媚动人。

　　湖心岛的对岸孤零零地耸立着一幢颇具现代风格的楼房，那是昔日大名鼎鼎的"铁托行宫"，会客厅、沙发、卧室都保存完好。湖边的树荫下，是否他曾站在那里思考？在湖面云烟缭绕的日子里，是否他曾泛舟湖上享受着大一统的骄傲？

　　周末，寥寥无几的餐馆都关着大门，只有一家卖烤肉卷的速食店敞着窗口，系着围裙的伙计不时把头探出来东张西望，无聊地打发时光。烤肉的味道徘徊在清冷的空气中格外诱人，我毫不犹豫从所剩无几的现金里拿出 6 欧元换来一个肉卷。

　　啃着肉卷去湖边散步，11 月初的布莱德湖很是冷清，我成了这里唯一的游人，或者说我根本不是个游人，只是片刻不小心闯入这画卷的不速之客。

远处轻雾缭绕的雪山倒映在清波荡漾的湖面上，近处街道教堂的晨钟响彻小镇上空。人在画卷，口衔肉卷，心思缱绻！

湖上一群群的天鹅自由自在，优雅地梳洗着洁白的羽毛，那一片高贵的纯白，美丽而遥远。岸上也漫步着一群天鹅，它们离我越来越近，直到把我包围我才意识到它们不怀好意。高大凶猛的天鹅一个个伸长脖子，张着嘴巴，紧跟身后，待我还来不及逃走，已经有一张嘴巴狠狠咬在我腿上。一阵钻心的疼痛涌上来，手一松，肉卷掉到地上。天鹅们张开翅膀恶狠狠地朝肉卷扑了过去，一片你争我抢的惨烈。

我用身上仅剩的一点钱买来的午餐就这样被美丽的强盗掠夺而去。用掉来这里的路费和住宿费，买了肉卷，我数数口袋里的钱，仅剩 30 欧元，一股凄凉直达心底。

老天爷也来凑热闹，此刻突然天降大雨，那雨点打在脸上冰冷非常，让我在这湖边无处可逃，真是"屋漏偏逢连夜雨，船迟又遇打头风"，怎一个"惨"字了得。

人在绝境中往往会否极泰来。现在面临的大事是"钱"的问题，这里没有打工换住宿之说，也没有召之即来的顺风车。唯一能派上用场的是信用卡，但是很多地方刷不了卡。一个念头冒出来：信用卡套现！

颠沛流离
的美丽

再次回到首都卢布尔雅那，翻箱掏包找了件像样点的衣服，至少要把自己弄得看上去不像是个骗子。找了家人气比较旺的超市，尝试用信用卡套现。

拿了些日常用品，去收银处结账，然后狠吸了一口气，这是我头一次干这种事，心里七上八下。老头儿老太太听不懂英文直接忽略，表情冷漠呆板的也直接忽略，我盯上了一个面相和善的小伙儿。

"我是一个来自中国的旅行者，现在身上的现金花光了。我能不能用信用卡替你付买东西的钱，你把现金给我？"

小伙儿一脸诧异地望着我，他无法理解我为什么要用信用卡给他付钱，很抱歉地给我一个"No"。

在我第三次遭到拒绝之后，收银员终于看不下去了，告诉我这里没有人愿意这么做，人们无法理解这个逻辑。

"你是中国人吗？"耳边响起久违的中文。

一对中国人模样的小夫妻出现在我眼前，化解了我尴尬羞愧的局面，见到他们那刻我知道自己有救了，他们的出现如同我的救命稻草。

"信用卡套现是吧？你来刷卡我给你钱。""钱够不够？不够的话，我们再去超市买些东西。"

我总能在最危险的时刻化险为夷，总是在最困难的时候有贵人相助，他们不知道我此时有多感动。这对来自天津的小夫妻来欧洲度蜜月，自助游经验不足使得一路莽莽撞撞。作为回报，我给他们建议和规划之后的旅行行程，分享了很多有用的交通住宿信息。

终于有钱了，可以走出巴尔干了。45 天时间，从黑海到爱琴海，再穿越到亚得里亚海，这一路上欧亚文明千变万化，土耳其风格伊斯兰清真寺和巴扎，东正教教堂和黑海风格民居，威尼斯风格地中海城镇和天主教堂，最后到奥匈帝国建造的中欧风格的城镇和车站，世界上再也找不出第二个这样神奇的地方。

别了，巴尔干，我一定会再来。只是那时，曾经遇到的人还在吗？

克罗地亚扎达尔

颠沛流离
的美丽

Part **3**

>>> GO 今天不知道自己明天在哪里

11

奥地利
再见你依然美丽

巍峨的阿尔卑斯山如一道天然屏障，把奥地利与巴尔干半岛隔离开来，一山之隔，这边尽是繁华与富饶。

火车穿行山脉间，窗外沃野万里，草地与森林相接，延伸到蔚蓝的天际，不一会儿窗外跳出白雪皑皑的世界，又是一番云雾缭绕的山间雪景。晚霞华丽地倾洒在重重山峦间，连绵的阿尔卑斯山轮廓不仅是一首极富韵律的情诗，更是一部荡气回肠的旋律，这里的一切注定与音乐有关。

许多人去往萨尔茨堡是为了朝圣莫扎特，而我是第二次来到这座奇妙的城市。萨尔茨堡火车站，老朋友姗姗已经等待许久，给我一个很爷们儿般的用力拥抱。没有什么比他乡遇故知来告别我的巴尔干之行更有意义的了。

姗姗是个豁达简单的北京妞儿，豪气冲天，无忧无虑的生活态度使得她的笑声爽朗清脆，一度被我戏称要设置为起床闹铃，闹铃一响，连隔壁也能醒来。姗姗在萨尔茨堡读书工作生活了 11 年，以极高的长笛演奏造诣在音乐天堂的金字塔尖演绎她的人生。姗姗习惯把萨尔茨堡叫作"傻子堡"，说这里是傻子待的地方，简单的生活让她都待傻了，除了演出就是练习，哪里有北京滋润。

我曾羡慕这种不沾柴米油盐、终日与音乐为伴的生活，在这里看到的却是另外一番景象。没有人能够想象得出从事音乐的人有多大压力，应聘面试这份工作时，她吹了 14 个曲子。当姗姗穿着华丽的演出服，站在舞台上，只要手心出一点汗，咽一下口水，或者吹错一个音符，都有可能丢掉饭碗，砸了自己在这个行业的名声。

我们往往只看到别人表面的光鲜，却不知道别人背后要付出多少努力和辛酸。从此我和姗姗惺惺相惜。

群山环绕的"傻子堡"以音乐和盐矿闻名，透着阿尔卑斯山周围城镇所特有的从容、平和与淳朴。滔滔的萨尔察赫河从城中蜿蜒穿过，东西市区老桥接连，大街小巷与广场相衔，两岸民宅造型各异，外墙色彩斑斓，白色的教堂与修道院广布街区，巴洛克风格的塔楼和穹顶，或铜绿斑驳，或金光灿灿，其造型既呼应了主建筑的宏伟气势，又不失于本身的千变万化。仁立在山顶的堡垒是主教的居城，为了抵御当时的农民起义而不断扩建，历史上从未被攻陷过。

教堂、咖啡馆、墓地，成了现在我必去的地方。姗姗心有灵犀作为东道主带我参观了市中心的墓地，有很多名人埋葬于此。

久负盛名的音乐圣地聚集了不少华人来此居住。城里大多是两种人：商人和音乐家。一家家的华人超市让我眼前一亮，我一口气买了10多包方便面，姗姗鄙视地看着我："你能买点有出息的东西吗？"

她无法理解我对中餐的渴望程度，对此刻的我来说，一包榨菜、一包方便面就是人间美味。在阿尔巴尼亚旅行期间，在没有任何其他菜的情况下，我就着半瓶老干妈能吃下两碗米饭。

古城里各个商家小店都强调着自己的传统、历史、做工或特色，这个城市的浪漫、华丽、古老、精致在橱窗里弥漫开来。我站在鞋店的橱窗前，看着2折价钱的漂亮高跟鞋，所有抵抗力瞬间消失。"女人都应该有一双好鞋，它会带你到世界上任何地方"，没有什么比这更好的借口了，我断然买了两双。

当我尝试了三次也无法把高跟鞋塞进行李箱时，才意识到自己的冲动。无奈之下，在网上发了个转让信息，就这样一不小心在旅途中做起来了买卖。很快，鞋子被人买走。

借住姗姗家，她掏出家里的镇厨之宝——电磁炉，在这寒气逼人的深秋里要用火锅招待我这个饥渴的难民。虾、肉丸、蟹肉棒、肥牛，还有大白菜、小青菜……这些纯正的中国菜码奇迹般地出现在我面前。

锅底从华人超市买来，特制的火锅底料辣而不燥、麻而不烈、风味厚重，烫出来的味非常地道。浓郁的香气和蒸腾的水汽在屋中弥散，让我口水沸腾。羊肉在锅里翻滚，香味随着热气扑面而来，蘸上蒜蓉香油小料再送入口中，

肉质鲜嫩，肥瘦相间，第一口入肚真有种飘飘欲仙之感。

吃着火锅，开一瓶当地的红酒，暖炉旁小酌，畅聊心事。外面阿尔卑斯山秋风飒飒，小屋里暖香四溢，和重逢的故友把酒相邀，举杯同欢，我们用很中国的方式热闹着。

我盯了电磁炉许久，很认真地说：我应该再背上电磁炉去旅行，用电饭

颠沛流离
的美丽

▲ 姗姗用丰盛的火锅招待我，此时我已经"饥渴"至极，并盘算着背上电磁炉去旅行

锅煮饭，用电磁炉烧菜，走到全世界哪个角落都能随处掏出下厨，吃到中餐。

　　姗姗瞪大眼睛，狠狠地吸了一口气，说我是她见过最奇葩的旅行者，买了高跟鞋又卖掉，背着电饭锅还想着带电磁炉。

　　音乐家用生命刻画美好，旅行者用脚步丈量自由，在别人眼里我们都是奇葩，我们只是遵循内心活着。

▲ 克拉科夫古城外的马车，18 世纪前，这里是波兰的首都

颠沛流离
的美丽

奥斯威辛集中营

很久以前看过一部电影叫《辛德勒的名单》，电网环绕的监牢，毒气杀人浴室、恐怖的焚尸炉、穿着条纹衣服绝望的人们，我曾经一直以为那只是剧本，我宁愿相信那是为了票房而夸张和编写出来的。

我挤在一辆又小又破的中巴车里，车上坐满了人却气氛沉默，也许是这阴冷的天气让人不想动。从克拉科夫到奥斯威辛的汽车开到了集中营那站，乘客几乎下光，大家都是奔着这里而来的。

世上没有哪个地方比奥斯威辛集中营更触动人性。集中营的大门口用德文写着"劳动才能自由"，100多万犹太人走进这个大门却再也没有活着走出来。

参观奥斯威辛集中营不需要门票，有导游免费用英文讲解，等到人数凑够了就一批批带进去。尽管营区内参观者川流不息，却十分寂静，人人表情凝重、步伐迟缓。

二战期间，德国以"移民"的名义欺骗欧洲各国的犹太人，让他们到一个"有土地""有农场""有商店""有工作"的地方去生活，于是犹太人拖家带口、携着自己贴身的贵重物品连同对未来生活的美好期盼被运到了奥斯威辛集中营，而迎接他们的却是有来无还的死亡地狱。他们所携带的一切财物均被劫掠一空，穿戴的衣服、鞋帽、戒指、耳环，甚至人身上的头发、

137

牙齿与皮肤。

每当运送犹太人的火车抵达便在车站上将人分为两部分。身体强壮或有利用价值的人被当作苦力暂时保留下来，这些人在悲惨的生活环境中每天要从事 10 个小时以上的劳役，很多人由于经受不住繁重的体力劳动而被折磨致死；而那些老弱病残和妇女儿童则直接被骗去洗澡，可淋浴头喷出的不是热水而是毒气，毒气室杀人时为了不让其他人听到里面的哭喊声，纳粹就在室外大声播放圆舞曲以掩盖暴行。

毒气室隔壁是焚尸房，流水化作业。在杀戮高峰时焚尸炉每天要焚烧约6000 具尸体。对于死去的人，德国纳粹剥下死者的皮肤做灯罩，剪下女人头发卖给纺织厂做原材料。

走进毒气室，里面放着一束鲜花，空气压抑得让我透不过气，我仿佛听见人群绝望的呼喊、疯狂的尖叫、越来越微弱的呼唤，以至最后的死寂……整个过程，不到 20 分钟。

与毒气室不过 50 米之遥的地方就是奥斯威辛集中营指挥官的家，他和 4 个孩子、妻子就在那里住了 4 年。"想象一下吧，他的孩子们在花园里嬉笑玩耍，而毒气室每天都在杀死妇女和儿童。"

德国纳粹在集中营内设立了用活人进行"医学试验"的专门"病房"和实验室，多次注射、反复手术、摘除器官将他们致残或使其丧失生育能力。大量抽取人的血液，只是想知道人在失去多大剂量的血液后还能够继续存活下去，甚至用人的脂肪做成肥皂。

有一座长几十米的绞刑架，用来集体屠杀囚犯。在著名的"死亡之墙"，纳粹常在这里用公开处死的方式震慑企图反抗或逃跑的囚犯。

60 多年过去，集中营基本保持着原貌，暗红色的砖墙还在渗漏当年的血迹，交织密布的电网至今仍显露出令人恐惧的狰狞，牢房里的墙上挂着一排排曾经生活在这里的犹太人的照片，成堆的鞋子是死者去"洗澡"前脱下的，这些鞋子再也没有等到它们的主人回来。

走过死者遗物的保存室，我的眼眶有些湿润。成堆的箱子，成堆的头发，成堆的鞋，成堆的梳子，成堆的刮胡子用的肥皂，成堆的眼镜……死者留下的遗物，是以堆来计算的。

139

毒气室，犹太人被骗进这里"洗澡"

140

毒气室旁边是焚尸房，杀人流水化作业

"洗澡"前人们脱下鞋子，这些鞋子再也没有等到它们的主人回来

遍布电网的集中营，当时只有 300 多人成功逃走

141

时不时可以见到一些以色列孩子，身披国旗，低唱着国歌，此情此景，谁能无动于衷。

在欧洲历史上不止一次出现过迫害犹太人的高潮。二战之前，犹太人在欧洲占据了金融等行业的重要位置，因此以希特勒为首的纳粹德国把屠杀犹太人推向了顶点，也许这就是"木秀于林，风必摧之"。

现在的德国敢于正视这段历史，德国政府高官多次前来奥斯威辛忏悔，希望得到世人的宽恕。德国柏林建有一座犹太人纪念馆，以警示后人，德国不少民众、学生，甚至足球队都曾集体参观奥斯威辛集中营。跪着的德国人，比那些站着不承认自己罪行的无耻之徒更有尊严。

离开集中营时，我在出口的大门边站立良久，整个人在之后几天都不能从压抑中解脱出来。我轻轻地推开这扇门就离开了，而100多万人却没有活着走出这扇门。

颠沛流离
的美丽

我的肖像

　　旅途中遇到的人，形形色色，擦肩而过，在某个时间、某个地点交织，也许是过客，也许会留在心里，也许会成为生活中的一部分，哪天在世界的某个角落又相逢，然后轻轻问候一句"好久不见"。

　　克拉科夫古城的石板路上，我拖着大箱子缓缓前行，慢慢看着一个城市的苏醒。我手上拿着一张名片，更确切地说这是一张画，这张画出来的名片是一个多月前在从北京飞往华沙的飞机上一个画漫画的姑娘乔安娜（Joanna）留给我的，"到了克拉科夫来找我。"

　　漫长的长途飞行中，我们聊得最多的是凡高，伤感凡·高用悲伤和孤独燃烧的一生，欣赏凡·高笔下的阿尔勒（Arles）小镇，火热的田野，沸腾的河流，灿烂的星月夜，梦中的农舍和教堂。我跟乔安娜说，我要去荷兰，我要去普罗旺斯，我要躺在风吹过满眼金黄的麦田。乔安娜嚷嚷着要跟我一起去荷兰的凡·高博物馆，去巴黎的蒙马特高地，跟随我走遍天涯。

　　在文艺复兴时期，波兰曾是欧洲东部最繁荣、最强大的国家，曾经的旧都克拉科夫依旧可见昔日的繁华，直到18世纪当时的统治王朝迁都华沙，这座风光了将近700年的城市才逐渐被人遗忘。

　　古城门口，几个穿着波兰传统服饰的流浪艺人吹着笛子、拉着古琴，音乐穿透了这寒冷的空气给了我一丝温暖，心一下子回到那个风华绝代的年月。

　　古城里的一切都带着沧桑，带着妩媚，朝霞万丈之后，光影摇曳。

　　一路走，随处可见小旅馆的招牌，一个床位10多欧元。走进一扇古老的木门里的小巷，我把自己安顿下来，拿着旅馆提供的免费地图去寻找名片的地址。

143

　　相隔一个多月，再次见到了乔安娜，但意外代替了惊喜。乔安娜脸上青春的光彩消失不见，消瘦许多，愁容满面。乔安娜告诉我，她不能跟我一起去旅行了。

　　突如其来的严寒让乔安娜病倒了，加上生活的不如意，使得她跌入心情的谷底。乔安娜在最风光的时候，曾在著名的艺术圣地举办过个人画展，一天卖出过几十幅画。简单的她不会处理各种人际关系和金钱利益，一周的画展，她只得到了仅够买颜料的极少报酬，甚至都不知道她一共卖出多少画，一共卖了多少钱，举办方用一句"租展厅、宣传费、人工开支"打发了她。乔安娜委屈地哭了一场，开始对复杂的社会充满恐惧。

　　乔安娜为了生活不得不鼓起勇气带着自己的作品去欧洲一家家画廊自荐。有赏识她愿意出高价的老板，也有伺机压价牟取暴利的奸商，林林总总的事让乔安娜反感和害怕与人打交道。

　　我的到来给乔安娜灰暗的世界增添了一丝快乐。乔安娜翻出柜子里的画具，爱惜地看着它们："我已经许久没有动笔，今天突然想画点什么，我来画你的旅行吧。"

　　乔安娜的画风带着几分凡·高的味道，属于后印象派。明艳的色彩诠释自由与个性，用虚构的形与色，凭想象创造出某种气氛。我喝着波兰人常喝的红茶，细细讲述自己的旅途，乔安娜眼里闪着光芒，想象着当时的场景，举起许久不曾握起的画笔。

一个月后，乔安娜发来三幅画最终完稿的照片，我的眼眶瞬间湿润。她的画带有很强烈的自我感受和主观情绪，就如同她亲历了我的旅程，她是那么了解我的世界。

第一幅《夜空中最亮的星》，画出了我刚来欧洲时的心境。我一个人戴着耳机听着音乐，孤独地坐在阴沉色调的深蓝星空下，那份绚烂，那份惆怅，看得我悲凉神伤。

第二幅《雪山下的城堡》，再次跌入阿尔卑斯山下那个被天鹅偷袭的童话世界。我拖着大箱子，站在湖边，眺望着湖中铁托的行宫，远处细长的教堂尖塔遥指天际，蓝色的湖水与蓝色的天空连成一片，好一派辽阔与炫目，我如同童话里的公主。

第三幅《地图》，画中的我背着行囊，手拿一张地图，站在街头，迷失在地图上的未知处。我的忐忑、我的慌张，真实地呈现。背景是我喜欢的黄色，如普罗旺斯的一片金色麦浪，充满了诱惑和迷茫，那是对我的视觉以及心灵的双重回放。

乔安娜倾注大量感情作出的这三幅画，一幅画送给了我，另外两幅画会拿到她的个人画展上展出，不知道画展上会不会有人愿意出高价呢？

▲ 以我的旅行为主题的漫画：《雪山下的城堡》

▼ 立陶宛人传统的渔船

146

▲ 特拉凯湖中的城堡

三扇窗的彩色房子

在欧洲的舞台上，很少有人会注意到蜷缩在东北角的一个小国：立陶宛。

700年前的立陶宛曾是欧洲领土面积最大的国家，称霸一方。国土西起波罗的海之滨，东至黑海沿岸，雄踞整个东北欧。这个国家有过辉煌的过去，有过不堪回首的苦难岁月，也许现在人们更愿意把它认作俄罗斯的一部分，这个国家1990年才独立。立陶宛的历史可追溯到十字军东征时代，由骑士团所建立的国家，所以现今的国徽和货币上仍然印有骑士的形象。

清晨5点到达立陶宛首都维尔纽斯。汽车站的候车室里稀稀拉拉三五个人，不知是早起赶车的乘客，还是无家可归的流浪汉。夜大巴伤身，对于现在的我来说熬不起这一夜不安的睡眠。

天一点点变亮，看着城市一点点苏醒，迫不及待离开小憩的候车室朝古城方向走去。路过一个青年旅馆，当时就可办理入住手续，不用等到中午12点。我的运气越来越好，从不提前预订住宿，却走到哪儿都能很快找到地方住，从未流落街头。

神奇的不仅是清晨6点就可以办理入住手续，和我同住一个集体宿舍的芬兰"邻居"让我目瞪口呆。她真是个神人，从芬兰坐船到爱沙尼亚，再坐汽车到拉脱维亚，一直走到了立陶宛，到今天才发现自己出门旅行没带护照。由于在这几个欧盟成员国之间可用欧盟的身份证坐船和住宿，所以她一路浑然不知。

又是一个冷清的周日，11月的东北欧寒气逼人，我得给自己弄个手套帽子。维尔纽斯街头行人寥寥，几乎所有店面关门休息，走遍全城终于在关门的步行街上发现了几个当地老太太在摆地摊，寻访到了手套和帽子，老太太用毛线自己亲手织的帽子奇丑无比，我戴上它就像个俄罗斯大妈，可丑死也比冻死好。

不想看旅游书的推荐，不想上网查旅行攻略，拿着旅馆的免费地图向旅馆服务员打听去处，众人皆推荐古城特拉凯（Trakai），坐汽车不到1小时即可到达。

特拉凯是昔日立陶宛大公国的首都，在曾经最辉煌的欧洲面积最大国家的历史舞台上，这里便是国家的心脏，国王及王室成员全都居住于此。

这里有很多冰河时期遗留下来的冰河湖群，大大小小的湖泊加起来共有30多个。最大的湖泊中有个小岛，立陶宛大公在打猎时发现了这个被湖泊所环绕的美丽地方，便在岛中盖起了一座城堡。

经湖心的木筏道走到城堡下，城堡的鲜艳红色显得不够古朴，厚重的历史气息似乎有所掩盖，穿过城门进入城堡，那些巨大石块垒起的城墙以及拱门依稀可见旧日的痕迹，站在下面，我仿佛听到了当年圣殿骑士团在这里厮杀的吼叫声。

特拉凯很小，半天就可以逛完，但这个地方很值得停下脚步去细细品味，

来此摄影、作画、散步最为合适。这里的房子五颜六色，有明亮的黄色，青春的绿色，绚烂的红色，如五彩的宝石散落在湖边，映衬在蓝天下，让我一下子就爱上了这景致。

早期的居民是原本生活在黑海的突厥人，因为逃避追杀来到此地，受庇于当年的立陶宛大公国，自此便在这里定居下来，从事城堡守卫及农务耕种。如今居住在这些房子中的居民便是他们的后裔。

几百年下来，这些突厥人仍然在生活中保留了自己的文化、语言、风俗以及建筑特色。最有意思的是，居民的房子大多都是三扇窗。

一间间色彩鲜艳的木造房屋，大门通常位于一侧，朝着马路的方向大多开有三扇窗户。原来每扇窗各有其意义，一扇献给上帝，一扇献给立陶宛大公，一扇则是给家人。

相邻的两座房子总是选用不同的颜色：红、黄、蓝、绿、橙，就像童话里的世界。这种房型叫卡拉伊姆（Karaim），房屋年代久远，基本上都是两层楼的小别墅，面积起码也有 200 平米。

车站边有个二手货市场，与其说是市场不如说是地摊。这里的居民把自己家不要的衣服、鞋子、手套、围巾拿出来贩卖，价格十分低廉。这里的居民生活并不富裕，全国的物价水平比较低，甚至低于国内。我忍不住在地摊上淘了好多避寒的衣服，准备迎接更加寒冷的天气。

149

特拉凯古城，三扇窗的房子

夜幕下的圣十字架山

立陶宛面积仅 6.5 万平方公里，却蕴藏了全世界绝大部分的琥珀。每天不计其数的人来这里淘各种琥珀，或收藏，或贩卖。而我并不是为琥珀而来，而是为了一座祭奠死者的小山丘。

旅行中总是赖床到最后一刻，错过了早上 6 点多、7 点多的汽车，终于在 10 点钟在维尔纽斯汽车站坐上了去希奥利艾（Siauliaus）的大巴，一路往北，4 个小时后到达立陶宛北部城市希奥利艾。

圣十字架山在一个叫作道曼图的荒郊，只有希奥利艾才有去那里的车，我的计划是掐着点儿赶 14：15 的汽车，算算时间刚刚好。

希奥利艾的车站很小，我还需要在这里买好今晚去另外一个国家拉脱维亚的车票。14：15 去圣十字架山，参观 3 小时再赶回来，坐晚上 19：00 的汽车去拉脱维亚的首都里加，21：00 即可到达。我为自己的如意算盘而沾沾自喜。

卖票的大妈比画着告诉我：今晚没有去里加的车票了。

旅行早就锻炼了我随遇而安的心态，转眼一想，就算座位已经卖光，大不了在汽车上站过去，也就 3 个小时而已，软磨硬泡装可怜也许能让司机带上我呢。天无绝人之路，找到一个懂英文的车站工作人员帮我联系了汽车司机，10 多分钟的等待之后，给我的答复是：Yes！

柳暗花明又一村，遇到困难千万别轻易放弃，也许再稍微努力一下就会有转机，旅行如此，生活亦是如此。

天色渐黑，走在用十字架堆成的山里毛骨悚然

把事情处理妥当，我长长舒了一口气，看了看手表，此刻时间是14：25，上帝啊，我竟然错过了去道曼图的汽车。

我的心情如过山车般再次跌到谷底，这一路玩的就是心跳。下一趟车是16：00的，现在正值冬季，白天时间短，那时已经开始天黑，难道要在天黑的时候去一个祭奠死人的地方？

放弃？我不甘心，在我的人生里基本上是"不撞南墙不回头"。坚持前往，心中无比胆怯，那可不是活人晚上愿意待的地方。犹豫了10分钟后决定：既来之则安之！

这座祭奠死人的"圣十字架山"的官方名字叫道曼图山，说它是座山，其实不算是，不过是个小土包而已。山上插满了十字架，整座山仿佛是一片十字架森林，共有大大小小的各种十字架将近6万个，最大的十字架超过10米，最小的还没有拇指大，件件都是艺术精品。

立陶宛是一个多民族、多信仰的国家，数次被周围的基督教国家群起而攻之，1409年爆发的"波兰立陶宛条顿战争"就是欧洲中世纪最大规模的战争之一。在这场历时两年的著名战役中，立陶宛和波兰联军大败威风八面的条顿骑士团，甚至反攻到了位于德国的骑士团总部。这场规模巨大的战役，立陶宛人大获全胜，道曼图山自此便成了立陶宛独立的象征，也是人们朝圣的目的地。那个时候山上并没有插满十字架。

历史总在重演盛极而衰，强盛的立陶宛被俄罗斯人打败了，从此一蹶不振，黯然退出历史舞台，成为了沙俄版图的一部分。不过，这片土地之上的人民并没有放弃独立的希望，他们组织了一次又一次的起义，不过都以失败告终，其中最为著名的独立战争便是1831年的"反俄大起义"。在那次战争中牺牲的战士的尸体无法找到，他们的家人便将一个个十字架插上象征国家独立的道曼图山，借此慰藉亡灵。后来，越来越多的立陶宛人来到这里，插上十字架，表明自己依然忠于故国的身份和传统，这座十字架山向全世界见证了这块土地上人民的信仰。

斯大林曾经多次想要毁掉这座山头，但每一次搬走山头上的十字架，换来的是更多人在山上插十字架，规模越来越大、越来越壮观。1960年，恼羞成怒的前苏联政府终于忍无可忍，用推土机铲平了山顶，把十字架运到垃圾

堆，整个圣十字架山被严密看守，严禁立陶宛人接近。为了斩草除根，苏联政府甚至计划在附近的河流上游修建一座水坝，形成水库，这样十字架山就将被淹没在水底，幸好最终没有实施。

　　熬到了 1990 年，立陶宛终于挣脱了前苏联的控制成为独立的国家，这座圣十字架山迅速恢复了昔日的光彩。

　　下了公车还需要徒步走 2 公里才能到圣十字架山，无任何公共交通直达。我一路小跑，夕阳的余晖染红的云彩正在褪去它的颜色，路上没有其他行人，方圆十里没有人家，辽阔的原野上只有孤零零的几棵树。天越走越黑，路越走越静，心里越来越毛。

　　当走近圣十字架山头那一刻，心中的恐惧被眼前的壮观驱赶得烟消云散。这种庄严、神圣的地方，就该在天色渐黑的时候参观，才能感受那份生命与死亡的内涵。

　　肃穆的十字架在淡淡的夜色中犹如剪影，蜿蜒的山丘还覆盖着最后一丝金光，十字架堆里的播音器传来低沉的颂经声。我鼓足勇气，一头钻进十字架堆里的小路，急促的呼吸，沉重的步伐，慢慢挪向十字架堆的深处。

曲折的小路仿佛是地狱之门，凄冷的风吹乱了我的头发，吹得十字架相互撞击，发出轻微的叮叮咚咚的声音。十字架丛中，不时能发现人的雕像，那是人死去的样子，恐惧又一次紧紧把我包围，任何异样都会触动我紧绷的神经。

一抹红色跳入眼帘，对，那是我熟悉的一块红布——五星红旗！在离家万里的十字架山上，看到了一面五星红旗，我差点热泪盈眶。

这条路有中国人走过，这条路有我的国旗庇护，有了这面五星红旗给我壮胆，我决定咬牙继续走下去……

当我意识到身边已经漆黑一片时，就再也坚持不下去了。隐约中还能看到脚下的路，夜幕中十字架的剪影在晃动，周围阴风阵阵，我慌乱返回。

"啊……"一声女人凄厉的尖叫划破天空，我的心跳随着惨叫声几乎骤停，脚一软差点瘫倒在地。叫声来自一个欧洲女人，她和男友两人钻进十字架山约会，没有想到大晚上山里还会有人，当我突然出现在他们面前，看到我乱糟糟的头发被风吹得七零八落，加上少在这里出现的东方面孔，活脱脱一副女鬼的模样，着实被我吓得不轻。人吓人，能吓死人啊！

在圣十字架山已经待了半个小时，我以最快的速度撤离，一路小跑回到公路上等车。一边跑，一边整理自己的衣服头发，我不能把自己弄得真像个女鬼的样子，否则，上了公车后司机见一个披头散发的女人从祭奠死人的地方跑出来，没准儿会拒载。

可惜立陶宛不流行给死人烧纸钱，否则我一定要带点纸钱出来，上了公车后扔给司机："师傅，买票！"

14

中国厨子

　　从立陶宛坐着大巴一马平川向北奔去。自打进入立陶宛，只见大片的平原，难怪当年德国希特勒的部队会在一夜之间突进几百公里，占领一个个国家。

　　这条公路上还有一个世界闻名的故事：波罗的海三国大牵手。1989 年 8 月，200 多万爱沙尼亚、拉脱维亚和立陶宛人，从三国的首都塔林、里加、维尔纽斯手拉手排成了长达 650 公里的人链，要求脱离前苏联独立。6 个月后，立陶宛成为波罗的海三国中首个宣告独立的国家。

　　拉脱维亚的历史同样饱经沧桑，无论作为一个国家，还是作为一个民族，历史上都没有几天独立的日子。日耳曼人、波兰人、瑞典人、俄罗斯人都曾经统治过这里，光日耳曼人的统治就长达 700 年。

　　拉脱维亚是波罗的海三国中经济最差的国家，仅比我去过的波黑、阿尔巴尼亚两国的经济好一点。这样一个穷国居然是申根国，也是欧盟成员国。有一种说法，说欧盟让波罗的海三国加入，是为了牵制俄罗斯。

　　在拉脱维亚这等地图上都不知道在哪里的国家，很少有中国人来这里旅行或者居住，首都里加只有几十个中国人常居于此。通过朋友介绍，我认识了在此定居 4 年的中国人"小胖锅"，他是一家中餐馆的厨师，要不是有他作向导和俄语翻译，我在这里完全就是无头苍蝇。

小胖锅颇有阅历的模样跟他的年龄极不相符，我逗他："你确定你身份证是真的吗？"虽然年龄不到30岁，却已经工作10年，高中毕业就走南闯北，做过学徒，干过零活，很能吃苦。一次偶然的机会被人介绍来拉脱维亚中餐馆工作，几经周折申请到了工作签证，一晃4年。

小胖锅一看就是那种特老实的孩子，我问他："怎么不找个女人在这里成家？"他憨憨地回答："我受不了女人抽烟，这里的女人个个抽烟。"

在小胖锅工作的中餐馆里，吃到了迄今为止我在国外吃过的最美味的中国菜——水煮牛肉。他特地为我做得辣辣的，用当地的牛肉为原材料，鲜嫩可口让我回味无穷。

聊起小胖锅在欧洲的生活，让我最不可思议的是他在欧洲生活4年居然没有出去旅行过，也完全没有旅游的意识，生活很简单，餐馆、住处，两点一线。在我的影响下，他终于作出人生中最重大的决定：去欧洲其他国家旅行。

他兴冲冲地发给我搜集来的各种几日几国游跟团信息，告诉我他看中了一个12日游10国的旅游团，被我鄙视到极点。

"一个人去旅行，我怕，住宿行程搞不定，而且英语也不行啊。"

他的顾虑让我真想掐死他，在我的白眼下，小胖锅舍弃了跟团的念头，一个月后终于一个人独自去了意大利、瑞士、法国。回来后他兴冲冲地告诉我："一个人旅行完全没问题，不懂英文也不要紧，很多困难都是自己想象的，只要你迈出那一步，会发现其实自己也能做到。"

从小胖锅身上能看到我表弟的影子，让我总忍不住拿着姐姐要求弟弟的标准去衡量他。他在这里工作4年，没有好好下功夫学俄语，在我看来就是浪费资源。在这里工作、买房可以拿5年申根居留权。这里的房价早两年不过三五十万人民币，小胖锅却没有抓住这么好的机会。身为厨师，应该在西方社会里学做西餐，回国后这将是多么具有竞争力的手艺啊！

我恨不得一下子把自己的价值理念灌输给他：买房、学俄语、学英语、积累人脉、学做俄国菜，十八般武艺样样精通之后，回国好开餐馆。

小胖锅一句话把我彻底推翻："学那些干吗？自己活得开心就行。"

是啊，不是每个人都得出人头地的日子，不是拥有得越多就越幸福。我问自己：还记得为什么要来欧洲旅行吗？还记得在国内的虚浮状态吗？还

颠沛流离
的美丽

拉脱维亚首都里加街头

记得自己失去的那些简单的快乐吗？

　　走过这么多国家，见过那么多人，看过各种各样的生活，持久的幸福都不是建立在成就和金钱之上的，只有遵循自己的内心活着，安于所处的环境，获得内心的平和与满足，才会幸福。

今天
不知道自己
明天在哪里

鲜花与士兵

　　要说拉脱维亚有什么特色，最让我印象深刻的是 24 小时花店。

　　在欧洲，除了像巴黎、罗马这样的特殊城市，一般的城镇到晚上 7 点街上人影都不见了，大家收工回家，很少见到有 24 小时通宵营业的场所。在步入冬天的东北欧国家更是冷冷清清，居然在这样一个国家，花店是 24 小时营业的。

　　在里加，随处可见各种鲜花，家家门口、阳台上、餐馆外都摆满鲜花。走在大街上，人们手捧鲜花迎面而来，不分老少，不分男女，也不分是时髦女郎还是白发苍苍的老太太，在这里无论婚丧、生病、探亲、访友、做客、串门，都要送花。一个生活被鲜花充满的地方，人们的心态是多么阳光和灿烂。

　　这个祥和快乐的城市，连监狱都特立独行。拉脱维亚最大的监狱叶尔加瓦（Jelgavas）是世界上最让我好奇的地方之一，让我有想进监狱生活几天的念头。作为一个旅行者，如果可以在这里"犯罪"又不伤害到别人，被关进监狱几天但不会在护照上留下任何不良记录的话，我一定会想方设法进监狱瞧瞧的。

　　叶尔加瓦的监狱长认为：人不能够失去兴趣和希望而无所事事地活着，于是提议将监狱"市集化"。这个申请居然得到了当地政府的同意和支持。

　　监狱里建立了一个集市，所有犯人都可以在里面出售商品，挣到的钱则作为他们日常的开支。监狱里的囚犯们卖菜的卖菜，流动小贩背着香烟吆喝，各种生活用品都由犯人出售和购买，不愿做生意的当清洁工、运输工，要是

拉脱维亚首都里加

159

有兴趣并且有多余的收入，犯人还可以在周末报名参加各种学习班，老师是囚犯，学生也是囚犯。囚犯们坐牢要收房租、收水电费，吃的也要自己用钱买，但不允许家里寄钱，囚犯们靠劳动自给自足。这里完全是一个"独立的世界"。

自打监狱实行市集化管理之后，囚犯们再也不打架斗殴了，所有的犯人都为了房租水电及伙食费而忙碌地工作着。这里从此不再是地狱，简直就是天堂，而天堂与地狱的区别在于：人活着是否有梦想。

和所有欧洲城市一样，里加有新城和老城。老城中耸立着许多建筑精美、构造奇巧的教堂，被十字军骑士团占领后留下的骑士团城堡。屋顶多用红瓦，每座屋顶上都立着一只闪光的金属制的风信鸡，这是避邪之物。鸡身两侧分别涂上金色和黑色，以辨别风向。

据拉脱维亚中央统计局统计，拉脱维亚女多男少，男女比例相差8%，差别居世界第一，其男女比例失衡的根源与第二次世界大战男性当兵损失巨大有关。好在结婚在这里并不是一项"任务"。婚姻只是幸福的方式之一，但不是唯一的方式，比起中国传统式的女人结婚生子洗衣服带孩子的生活，这里的女人有她们的幸福。在不少发达国家，婚姻不过是一种形式，越来越多的年轻人选择同居而不结婚。

看着街头来来往往的里加美女，我想，要是在这里开一个国际婚姻介绍所，一定生意兴隆，让拉脱维亚美女嫁到中国去，或者让中国小伙儿移民做上门女婿，解决了资源的分配问题，也算是为世界和谐作贡献。

市中心的自由纪念碑建于1931年，是拉脱维亚人民的精神力量和自由与独立理想的象征，碑上刻有"祖国与自由"字样，旁边有士兵持枪站岗。我正好赶上了士兵换岗。高大威武、身穿军服的士兵从一辆小车上下来，用他们独有的行走方式整齐地走向纪念碑。我抄着相机狂奔尾随，但又不敢太接近，颇有顾虑担心被误以为要袭击他们。

我是这里唯一的游客，也是唯一扛着单反相机的人，以各种姿势对换岗的士兵们一路追拍，真有点做狗仔队的架势。

之前站岗的一批士兵被换下来后准备坐小车离去，队长朝我招招手，示意我过去。我的心里一阵紧张，是不是这里不允许拍照，我冒犯了军威？

队长指了指我的相机，我很不情愿又忐忑不安地把相机递给他，等待着

颠沛流离
的美丽

被处罚，祈祷他们只删掉我拍的士兵照片，而不是把我的相机或者SD卡没收。

队长一直亲切地对我笑，士兵们也看着我傻笑，事情似乎不是我想象的那样。队长指着我的相机，做出拍照的姿势，示意要让我拍照，一霎间我欣喜若狂。

于是，我一手挽着士兵，一手扶着士兵们的枪，摆各种姿势。如果语言没有障碍，我还真想把枪借来拿在手上做造型。

这里相当于北京的天安门，和守护城门的士兵们挽手拍照，那可是想都不敢想的。

15

童话里的塔林

　　"对城市而言，仅仅看过是不够的，还应该穿越它。一个思想仅仅想过是不够的，还应该超越它。"波德里亚曾这样描述城市的记忆。我要穿越这座城市——塔林，波罗的海三国中最美的地方，爱沙尼亚的首都，与芬兰隔海相对。

　　爱沙尼亚在1991年独立，是波罗的海三国中唯一使用欧元货币的国家，因此这里的消费比其他两国高。它在历史上被丹麦、瑞典、俄国、德国占领过，融合了多种文化。

　　爱沙尼亚的过半国土仍处于原始自然状态，这里拥有人类未涉足的原始森林，森林里遍布湿地和湖泊，狼、熊、猞猁自由出没。绵长的海岸线边，灯塔、风车、茅屋、农舍和渔村，勾勒出东北欧之地独有的田园景色。

　　抵达塔林在一个微雨的夜，从汽车上下来那一刻严寒让我打了个哆嗦。一路往北，越走越冷，却没见到下雪。

　　从汽车站到古城2公里，出租车司机开价10欧元，我生气地扭头就走。街头善良的当地人拿出自己的手机帮我导航，查看地图，告诉我该怎么走。任何一个国家都有助人为乐的人，也有宰客揩油的人，形形色色的人组成一个完整的社会。

　　塔林古城的建筑完全保留着中世纪时的样子，古城的鹅卵石路是我走过

▲ 塔林古城里卖东西的小商贩

今天
不知道自己
明天在哪里

欧洲这么多城市中最古朴的，那石头比脚还大，坑坑洼洼。我拖着笨重的箱子在这大块的鹅卵石路上走得十分吃力，几乎是一步一步挪着走。塔林，以这种方式迎接我的到来。

在古老的波罗的语中，塔林是"水边的居住者"之意。这座水边的城市三面环海，很方便看海上的日出日落。时间在这里变得微若无声，几乎可以忘记它的存在，很适合闲散地发呆。

这里曾经被德国贵族长期统管，带着一股浓浓的贵族气息。站高眺望，林立的塔尖点缀着红色的屋顶，街道纵横交错，铺着鹅卵石的路联结各个教堂。中世纪的城，如逝的光阴，我的青春正在这里流淌。

一路从雅典坐汽车、火车赶到了这欧洲大陆的最北边，且让我歇口气吧，找了个弥漫悠扬音乐的咖啡厅，坐在清静的角落，喝一口午后的卡布奇诺，没完没了地发呆。咖啡店的主人是一对德国年轻夫妇，他们辞职周游欧洲，最后在塔林留了下来，开了这家咖啡厅，安静地生活，和各国旅行者聊路上的故事。女主人向我推荐了德国莱茵河边一些古老的小镇，叫我别忘了去吃某个镇上红色屋顶的餐厅里做的猪脚。

古城的石板路年代久远，被磨得圆润而光滑，城里尽是几百年前的老建筑。当地的小贩也配合这场景，穿起中世纪欧洲的古老传统服饰引来游客们围观。就连拎着篮子卖自制手工艺品的老太太也打扮得花枝招展，头裹绣花布，身穿宫廷式的裙子，脖子上挂着大大的项链。一切都让时空错乱。

塔林老城最具特色的莫过于它的防御塔，红伞状造型，坚固的石塔楼，在古代的防御能力一定十分强悍。古城内洋葱头顶的俄罗斯东正教堂，黑色葫芦状的日耳曼风格屋顶，还有铜绿色带着北欧风情的尖顶，无不印证着这里多元的文化和曾被各种文明入侵的历史。

冬日的东北欧白天时间越来越短，旅馆一觉醒来周围一片寂静，静得只能听见翻阅书页发出的声响，此时才下午4点，已经天黑。翻书声来自澳大利亚的琼斯（Jones），屋里充满了橘色的灯光，昏暗柔和，淡淡的，朦胧的。

琼斯是来欧洲买房的，顺便四处溜达。随着欧洲经济的下滑，希腊、西班牙、葡萄牙、拉脱维亚纷纷推出"买房送申根居留权"的政策。"居留权"只允许在该国生活、居住、消费，但不可以参加当地的工作，不能享受当地

▼ 爱沙尼亚首都塔林，远处是波罗的海，海对面是芬兰

居民同等的福利，房屋短期内也不能转卖，很适合像琼斯这样用来居住置业的人。

琼斯拉着我陪她去看海边日落。欧洲的城市总有一个制高点可以眺望全城，塔林的眺望点不算高，一眼望过去，一座童话般的城市尽收眼底：全城三面环水，上城是社会名流、宗教阶层和封建权贵的聚集地，下城是商人和手工业者的居住地。红红绿绿的房子，高耸的尖顶教堂，交织纵横的街道，稀稀拉拉的车辆，一派古城的现代风貌。不远处是蓝色的波罗的海，乌云朵朵，时而遮住阳光，时而消散不见。波罗的海最后的夕阳，此刻的宁静有些刺骨。

16

芬兰
意外的重逢

餐厅日

在世界的某个角落不经意地跟故友相遇，这真是奢侈的惊喜。

塔林古城的旅馆里，准备去买到瑞典的船票，关电脑的那刻突然跳出一个陌生的留言，对方很激动，而我不知所云。来回几句对话之后我才明白过来，对方是两年前我在马来西亚相遇的朋友一水，她现在定居于芬兰的赫尔辛基，得知我正环游欧洲，辗转联系上我，发现此刻我正在与她隔海相望的塔林。

半小时后，原本要去瑞典的船票变成了去芬兰的船票。芬兰，我对它的概念仅停留在寒冷、桑拿，还有诺基亚。

两个小时的船程从塔林到了赫尔辛基。豪华干净的船舱里居然可以免费无线上网，网速奇快无比。在茫茫大海中，一边上网看电影，一边喝着北欧人自酿的果酒，让我意识到自己即将到达全世界最发达的国家之一。

圣诞老人的故乡、设计之都、女权至上，赫尔辛基早被贴上这样的标签，第一眼看到它已感受到那种静谧与安详。北欧，这个曾在我脑海中很遥远的地方，如今我就站在童话里，恍然如梦。

11月的芬兰即将进入极夜—— 一年中有几个月永远没有白天。又黑又冷的日子过于冗长，芬兰人的喝咖啡量和阅读量在世界范围内都是领先的。这个富裕的国度里来来往往的人们穿着却很朴素，步行街上没有多少大牌店，街头也没有太多豪华车，这里没有个人物质的炫耀，而是注重家庭和谐的生

活。大部分家庭都有游艇、乡间小木屋及一片森林，假日里全家去乡间划船，在小木屋中居住，在森林里休憩，芬兰人以这种简单的方式生活着。

这里很难见到人们相互之间吵架或者挥拳动武，节日游行时在市中心踩死几只鸭子在这里都成了大新闻，可见芬兰人的生活多么安宁又带着几分平淡。世界上犯罪率最低的国家，警察也快失业了。

在芬兰，有人活动的地方就有桑拿，几乎每家在郊外的湖边都有自己的桑拿房。在桑拿房里等到毛孔张开、大汗淋漓之后，人们冲出桑拿房直接跳进冰冷的湖里，我曾经以为是有人落水，差点奔走呼救。

在赫尔辛基幸运地赶上"餐厅日"（Restaurant Day），一水要在家做中国美食，把自己家变成临时餐厅，接待左邻右舍来串门吃东西的人们，我不亦乐乎地做起了她的助手。

芬兰人实在找不到什么集体热闹的公共活动，便挖空心思弄出了这个"餐厅日"。这个以颂扬餐厅和饮食文化为主题的狂欢节式活动开始于2011年5月，时间为一天。"餐厅日"活动一经举办，受欢迎的程度远超预期，很快得到赫尔辛基人的接受，并成为固定的文化活动，现在一年举办四次。

节日当天，参加的家家户户在自己家里或者户外做自己家的私房菜，左邻右舍挨家挨户地轮着吃，吃到的各种美食绝不比专门的餐馆逊色。待客人们酒足饭饱之后可以在主人家的客厅沙发上小憩，就像是去朋友家做客一样。

谁家要参加这个活动首先须在专门的网站上报名，门槛极低，报名基本

167

都能通过。活动方统计之后，会发布各家私家厨房的地点和美食特点，凑热闹的人们就可以拿着这个名单挨家挨户去吃了，每家吃上几口，从中午吃到晚上，撑到肚子圆鼓鼓。

为了吸引客人，各家都挖空心思。享受美食的地点不仅可在自己家里、院子里，有的拓展到了办公室，或户外的公园，甚至海边芬兰人洗地毯的木平台。

一大早我和一水忙活起来，挪桌子，搭台子，摆桌椅，搬出家里所有的锅碗瓢盆，我的电饭锅也临时出场增援。今天向芬兰人弘扬中华美食文化，出售各种中国传统食品，水饺、煎饺、茶叶蛋、小笼包、春卷，这些稀奇古怪的玩意儿让芬兰人大开眼界，好奇得很。要是我和一水再换上一身旗袍或者唐装那就更加应景了，没准儿会成为这届"餐厅日"里最耀眼的商家。

头一天我们从当地超市买回面粉，一水和面擀饺子皮，我剁肉做饺子馅。包饺子看似容易，包好却不容易，我包的饺子可以用"惨不忍睹"来形容，一看就知道这饺子是韭菜馅的，韭菜叶还露在皮外面。一水安慰我说："这饺子包得虽然不好看，但忽悠老外已足够了"。

我拿着水笔在纸上写了大大的"Restaurant day"，画上箭头，贴在开车进来的路上，以指引来吃的客人找到正确的方向，回来坐等着门庭若市，很有一种小孩子过家家的味道，仿佛回到了童年的时光。

11点钟客人渐渐光顾。我包的饺子经过油煎之后已经完全看不出原来的模样；鸡翅略有烤焦大家也吃得津津有味；茶叶蛋已经腌过几天，入味十分，秒杀芬兰人的胃。所有的菜品都让芬兰人赞不绝口，我的成就感和民族自豪感油然而生。

顾客中一个叫卡尔沃宁（Karvonen）的让我印象深刻，他是资深的美食家，从他细嚼慢咽且极力回味的表情就能看出此人非常挑剔。自打餐厅日开办以来，他便挨家挨户地吃，谁家的沙拉放多了调料，谁家的比萨饼做得太厚，谁家的厨房邋遢得不像话，他都说得一针见血。

在芬兰，我完成了人生中两件重要的事情：第一次包饺子，第一次从事餐饮事业。经常在国外旅行，有一门手艺很重要。会包饺子或者小笼包，做得出几个中国菜，能在国外迅速吸引周围的人，和世界各国的旅行者或者当地人打成一片。我立志回国后要报一个厨师班，学会几个中国特色的美食，那就走遍天下都不怕，至少不会把自己饿死。

▼ 芬兰的餐厅日，出售的饺子是我包的

未婚生子

　　曾经一直以为游轮是富人的权利，直到几个月前我以很便宜的价格终于登上了皇家加勒比游轮。宫殿般梦幻的大厅，觥筹交错的宴席，穿着礼服的鸡尾酒会，一派歌舞升平的场景，我坐在落地窗环绕的图书馆里，手捧一本精装的英文原著，看着窗外蔚蓝无边的大海，一切恍惚得不那么真实。

　　4 年前的我在睡机场、住青年旅馆大通铺。睡机场也好，坐豪华游轮也罢，那只是旅行的形式，有钱没钱都一样，最终收获的是旅行带给我们的触动和见识。

　　一年内再次坐游轮去旅行却是被逼无奈，我以为乘坐快艇几个小时内就可以从芬兰到瑞典，但所有的人告诉我只有 "cruise"（豪华游轮）。这就是北欧的发达世界？要不要玩得这么高级啊！

　　世界上最豪华的两艘游轮往返于赫尔辛基与斯德哥尔摩之间，它们是名副其实的五星级流动度假村，比泰坦尼克号还要大，让我望而却步。我花了一个小时在网上找到最便宜的一家游轮公司，仓位票价 50 欧元，晚上 6 点从赫尔辛基上船，在船上睡一觉，第二天早上 7 点到达斯德哥尔摩。一个人坐游轮必须购买整个仓位，一个仓位里有 4 个床铺，等于我一个人必须付 4 个人的钱。

　　游轮的每个房间都有洗手间。即便是有 4 个人的床铺，船舱的房间也小得只能让人刚好打转。4 个床铺为上下铺，左右两个床铺之间的缝隙只能放下两条腿，上铺的床翻上去贴着墙，要用的时候才打开。如果住满 4 个人，就会没有地方放行李。

摊开箱子，整理东西，翻出锅碗瓢盆做晚餐，顷刻间整齐的房间一片狼藉。突然"滴答"一声，门开了。我吃惊地望过去，一个高高瘦瘦的金发女郎背着个小包，拿着门卡呆在那里。

房间号216，没错，金发女郎没有走错房间。我想大概是游轮的房间爆满，船务公司便把我们两个单个的乘客凑在一个房间。这样也好，有人陪我度过这无聊的漫漫长夜。

金发女郎闪过凌乱不堪的衣物挪到自己的床铺上，一个人默默地窝在床上捧起厚厚的书看起来。我见搭话无门，端着相机出去溜达。

此时游轮上正是热闹的时候。一名歌手在深情地唱着经典的老歌，情侣们在舞池中央相拥曼舞，颇有些怀旧的味道。餐厅、酒吧、赌场、演艺大厅、美容院、婚礼教堂、高尔夫球场、健身房，甚至攀岩都能在这里找到。免税店里挤满了东方面孔，几乎都来自马来西亚、新加坡等地，疯抢10欧元一件来自中国的廉价商品，如电子手表、丝巾、小饰品。

让我欣喜的是游轮上依然有免费的无线网络，难以想象，在这茫茫的大海之中居然可以随时掏出手机免费上网，不得不惊叹北欧的发达。

狠狠地在甲板上吸了口波罗的海的空气，清冷的寒意让毛孔竖起。不同的季节，不同的国度，不同的风情，在短暂的时空里交错着，我以不同的姿态迎接着世界每个角落的惊喜，不知道下一个拐角处等待我的是什么。

舒坦的情绪在我回到房间那一刻终止，金发女郎此刻正窝在房间的角落里黯然神伤，我的突然到来打扰了她的伤感。金发女郎叫简（Jane），她不愿意放弃自己在芬兰的事业和孩子的父亲两国分居，现在去瑞典看她生病的儿子，孩子的父亲不会照顾孩子让她很担心。

"那是我男朋友，我们没有结婚。"简告诉我，她和孩子的父亲很相爱，他们在一起十年，现在有两个孩子，但他们并没有结婚。"为什么要结婚？那只是一种形式，会约束生活，只要我们相爱就够了。当不再相爱，结婚了还得去离婚，多麻烦。"

她的生活方式让我惊讶得半天合不上嘴。我没有把结婚生子看成人生理想，也不会把经营一家一室当成女人的最高成就，在中国早已被视为另类，

171

今天
不知道自己
明天在哪里

自认为自己思想够开放，却也无法接受和理解彼此相爱，在一起 10 年，有两个孩子，仍然不结婚，且绝不是因为经济问题要拿政府的补贴。

在简眼里，我就是个从乡下来的土妞。她告诉我，在北欧，同居和结婚同样受法律保护，现在的芬兰和瑞典有超过 50% 的孩子是未婚生子，在冰岛甚至超过了 60%。"爱，是家庭的基础，而不是婚姻。"

在游轮上和简聊天到深夜，从心底里泛起对这个北欧女人的敬佩。北欧女人是世界上最具个性的，独立的经济能力，有自己热爱的事业，享受着自由自在的生活。近年来，挪威首相、冰岛总统、芬兰总统都曾经或正在由女性担任，而北欧各国政府、议会中的女部长、女议员更是占据了半壁江山。

在北欧，如果你说"女士优先"那么是不尊重女性，只有弱者才会被谦让。选美早就被看作是"歧视妇女"，甚至报刊上的美女照片、路牌的性感广告也总会被女权组织抗议，视为对妇女的歧视。这里的女人说：我们不是男人特殊的"美丽艺术品"，我们和男人一样。

一路上接触了欧洲各国的女人，巴尔干女人受宗教的约束比较保守和弱势，有些像中国女人；南欧其他国家像意大利，女人家庭观念会强一些；而到了北欧，这里的女人非常自立，普遍有着强烈的维权意识和公共意识。无论是欧洲哪个国家的女人，她们在生活中几乎都没有过多的奢望和抱怨，安于现状，过得有滋有味，即使是结婚没钱买房而租房的，她们也能建立起一个温馨的家。

清晨，天微微亮，朝阳从海平面升起，宁静又壮丽，海天之际飞舞的只只海鸥让人意乱情迷，又到了向旅途中萍水相逢又一见如故的人告别的时候。

旅途中遇到的人，相知很重，相随很轻，知交零落实是人生常态。我已经习惯了相遇和离别。

颠沛流离
的美丽

人们提到北欧的时候常常泛指"北欧四国",没有人去区分瑞典、丹麦、挪威还是芬兰。旅行能让你用自己的亲身体会来打破自己的自以为是,北欧四国其实各具特色,历史上分分合合,错综复杂的邻里关系,剪不断,理还乱。

走在冬日里的斯德哥尔摩,10点多钟还没有完全天亮。这座被称为"北方威尼斯"的城市里,街道都带着湿漉漉的感觉,时光掩盖不了这里每一座古老建筑的精致和风度,漫步在角角落落间,让人不由得猜想曾经发生了什么故事,记忆肆意蔓延。

这里是诺贝尔的出生地,每年的12月10日诺贝尔奖颁奖宴会在这里的市政厅举行,那是全世界任何一个学者都梦寐以求的荣誉,诺贝尔奖让我对这座城市有一种特别的期待。诺贝尔被誉为"炸药大王",可惜世人却用他的发明制造出了各种强悍的武器,发动战争,死伤无数,令诺贝尔本人也非常惋惜。

名扬世界的宜家家具以它简洁、创新的设计给家增添了无数的温馨。世界上最大的家具供应商诞生在这个国度,可见这里的人们是多么注重生活品质。

北欧最大的汽车公司沃尔沃集团也是大家耳熟能详的,爱立信、萨博、伊莱克斯……瑞典,对我们来说并不是那么陌生。

由于斯德哥尔摩处于北欧的中心枢纽位置,这里比北欧其他地方更加繁华,无论是高贵大气的皇宫,还是内涵深厚的市政厅,抑或是人头攒动的皇后大街,都向人透露出一个信息:这里是北欧最大的都市。

今天
不知道自己
明天在哪里

北欧的冬季实在太阴沉，我几乎一个月没有看到太阳了，心情也如这阴冷的天气一样逐渐忧郁起来。这些天我愈发昏昏沉沉，慵懒无比。睁开眼是黑夜，即使此时已经是上午9点；想午睡小憩，一不小心就又睡到天黑，此刻手表指针才指向下午4点。干脆醒来就活动，累了就睡觉。

北欧适合夏天来旅行，晚上10点太阳还不下山，一天可以当两天用。而冬天，天亮的时间就几个小时甚至1个小时，一天只能当半天用。北欧有的小镇每年会有4个月没有白天，人也容易变得焦虑，滋生起绝望的情绪，难怪生活在极昼和极夜之中的北欧人有很多得抑郁症。酗酒、抑郁和自杀，似乎都可怪罪于黑暗和寒冷。

现在每到一个新的国家和地方，我没有一点兴奋感，我怀疑自己是不是也得了轻度抑郁症。我要阳光、蓝天、大海，我要到暖和的地方去。翻开地图，目光移向欧洲最南端，在蓝色标示的地中海中找到一个名字——马耳他。

20分钟之后，买好了从瑞典去马耳他的机票。在瑞典待了不到一天时间，火速从北欧直穿欧洲大陆，奔向靠近非洲的地中海岛国。

斯德哥尔摩有两个机场，廉价的瑞安航空停在十分偏远的史卡夫斯塔（Skavsta）机场，等我意识到这点时已经坐上了去阿兰达机场的火车。北欧的寒冷和为时不多的天亮让我浑浑噩噩，去错了机场。

在起飞前终于赶到史卡夫斯塔机场。这个人口不多的城市，机场却十分热闹，大家都想逃离这个冰冷的冬天吧。等待我的是长长的安检人流，还有极其严格的随身行李检查。瑞安航空的工作人员拿着一个容积为55cm×40cm×20cm的纸盒，让排队的乘客们把自己的随身行李放入这个纸盒，放不下的一律交50欧元额外托运行李费。

这不是我在欧洲第一次乘坐瑞安航空，检查严格到如此地步却是头一次见，是不是现在欧洲经济危机波及至此了？我的箱子已经托运，随身携带的行李有两件，背上背了一个双肩包，还有一个单独的相机包，这违反了瑞安航空"只能携带一件行李上飞机"的规定。瑞安的工作人员以一脸灿烂的职业笑容却斩钉截铁地要求我补交50欧元。

一个小相机包也算一件"行李"，让我哭笑不得。只能重新整理背包，把一些小件东西拿出来捆在包外面，把相机包塞进背包里，整理成"一件行

颠沛流离
的美丽

李"，大小恰好可以塞进检测的纸盒。

等我弄完这一切，所有乘客都已经上了飞机，工作人员毫不留情地去关登机口安检的大门，没有人来提醒我。我顿时火冒三丈，差点跳起来。

欧洲人做事循规蹈矩，一板一眼，少了几分人情和通融，这种事情要是发生在澳大利亚或者新西兰就会是另外一番状况。我知道，由于行李不符合规定等自身原因导致耽误了上飞机，瑞安航空一律不负责，飞机既不会等你，也不会给你安排下一个航班。

此刻任何话语都是多余的，理论、争辩，只会导致我失去上飞机的机会。我冲向登机口，强压住怒火，笑里藏刀，做出一副要砸门而入的样子，"快，快，我要上飞机"。

守登机口大门的小伙儿慑于我那英勇的气势，重新打开大门，我瞬间冲了进去。飞机上，我擦了一把汗，惊魂未定。

别了，寒冷的冬天；别了，一段今天不知道自己明天在哪儿的旅程。

颠沛流离
的美丽

Part **4**

>>>GO **欧洲南北东西乱窜**

▼ 去往 Gozo 路途中，不知名的城堡

颠沛流离
的美丽

75 岁的旅行者

雄伟的古建筑、蜿蜒的羊肠小道、荒废的战壕、碧蓝的海湾，一幕幕风景重重地冲进我心里。公车上，我索性离开座位，走到车头处的玻璃前，挽着铁栏杆以支撑身体的平衡，举起相机。马耳他，处处是惊喜。

公车司机一边大笑我不顾形象，一边骄傲他的国家的景色能让一个外国人如此倾倒。是的，马耳他的一砖一瓦、一草一木点燃了我心中最热烈的那团火。从跳下公车那刻起，我开始边跑边叫，在气势磅礴的海岸边向一望无垠的田野张开双臂，在海边悬崖无人的寂寥公路上发足狂奔……年轻、激情、梦想、热血，似乎一瞬间全部绽放，就算生命只有一天，我也宁愿在这地中海的小岛上孤独而热烈地死去。

地平线上的白色瞭望台耸立在杂草丛中，对着再也没有敌人来犯的海面，我小心翼翼地走过坑坑洼洼的地面扒开杂草走过去，沿着锈迹斑斑的楼梯拾级而上，却推不开顶上那扇残破的门。

站在楼梯上举目眺望，一道道战壕横亘在田野里，一片片黄土田和绿树交织成五彩的调色板，层层叠叠的小山坡上开满了随风摇曳的野花，碧蓝的天空上朵朵白云紧挨着地平线，远处的居民房一层层排在山头，最高处矗立的古堡永远居高临下，呼吸的空气中时刻带着春天的气息。

走向 Dingli 悬崖，那是我见过最美的颜色。悬崖边迎面驶来一辆辆马车，

180

这场景仿佛时空倒错，活脱脱跌入手打阳伞长裙曳地的年代。

一下子就爱上了马耳他。我喜欢它的小，它的面积比北京市朝阳区还要小得多；喜欢它的孤独，它在地中海的中央，少有游客涉足；喜欢这里的文化积淀，它长年被各国侵略，多种文明在这里交汇；喜欢这里的自由，它曾经被英国殖民统治，因而人人能说英语，无论遇到谁都可以像自家人一样拉家常；喜欢这里人们的微笑和随性，在公路上招手就能搭个顺风车；喜欢这里的色彩，海水、沙滩、悬崖、丘陵、原野、古堡、废墟，无不渲染得那么艳丽。

路边一个顺风车带上了我，沿着曲曲折折的海岸线把我载到一个背靠山坡的地方，这里海岸的石头被千万年来海水冲刷得异常陡峭。往下走到海边，海水蓝如宝石，一路上我都在思考这片海水为何如此之蓝。

马耳他岛地形南高北低，这里特殊的石灰岩地质结构经过海水的侵蚀以及地层的陷落，使得岛的南方拥有壮丽的断崖和奇石洞穴。在悬崖之间布满水洞，水下岩洞里洞洞相连，盘根错节，由于洞穴内光线折射的原因，在海面上形成了鲜亮的蓝色，这就是大名鼎鼎的"蓝洞"。

一段美好的旅程总是要带点小遗憾，去蓝洞的船家告诉我，今天的船全部停航。

小心翼翼地走到刀削斧凿一般的临海悬崖的蓝洞入口处，望着幽蓝的洞口入神，总觉得洞里会有些神奇的宝贝。这里的海水蓝得清澈，隐约可以看见海底生物，如梦似幻又如此真实。

沿着石头路缓缓走来两个蹒跚的身影，过了好一会儿才走到我面前，那是一对老头儿老太太。老太太走路有点摇摇晃晃，拄着拐杖走到悬崖下面来看蓝洞。

尽管花衬衫能衬托出老太太的年轻和活力，但岁月在她脸上刻下的皱纹和她缓缓的步伐泄露了她的身体状态。这是我见过的最年长的旅行者，75 岁高龄，来自英国。以他们的年龄，经历过二战，见证了许许多多的变迁。

"我和老伴每年都出来旅游，能走得动就多去看看这个世界。"老太太一口浓浓的英国地方口音，说话有些口齿不清，可从她扬起的眉毛和笑得咧开的嘴可以猜得出要表达的意思。

老头儿拿过我的相机给我和老太太合照，他笑着说我们俩像母女，我就

像她年轻的时候。不知道我 75 岁的时候会是什么样子，会不会像他们这样执手游走世界，如果还能走得动，75 岁那年我一定再回马耳他。

老两口儿在英国的生活并不算富裕，家里三个孩子各自忙着自己的事情。他们退休后开始周游世界，并且经常会重温一些他们觉得难忘的地方。在马耳他，他们总能找到一些曾经的记忆，10 年前的一场暴雨把他们淋成了落汤鸡，3 年前的冬天在这里避寒丢了已穿 10 多年的棉衣。

送他们登上去首都瓦莱塔（Valleta）的公车，我才意识到自己回斯利马（Sliema）的公车正从我面前眼睁睁地开过去。我没有住在拥挤的首都，而是选择了北部临海小镇斯利马，在这个国家坐一个小时公车就能南北穿越，于是为了节约开支找到这个偏远小镇住下。

我随车奔跑，伸手拦车。这地方既没有红绿灯，也没有监控探头，路上连行人都没有，荒郊野外停车上客在中国理所当然，可这里是欧洲，所有人都严格遵守规则，即使车子只是开过了车站 20 米而已，司机还是朝我摇摇手，然后扬长而去。

站牌上的公车时刻表让人倍受打击，这里的公车一小时一趟。与其在这里苦等一小时，不如走回去，伴着落日的余晖我开始在无人的公路上暴走。在风景里的汗流浃背是另外一种享受，尽管身体疲惫不堪而心情却愉悦至极。我就这样痛并快乐着。

▼ 壮美的 Dingli 悬崖

颠沛流离
的美丽

丢不掉的行李

　　教堂是欧洲的标志，无论是在城市还是小镇都能听到教堂的钟声。我留意到马耳他的教堂跟欧洲其他国家的不一样，这里很多教堂上有两个钟，两个钟指向的时间，一个是正确的，一个是错误的。据说这是为了迷惑撒旦，让他不知道真实的弥撒时间。

　　有没有迷惑撒旦无从考证，可却把我给迷惑了。我看了那个错误的时间，慢条斯理地回到旅馆，等我发现时间不对时，离去意大利西西里岛的开船时间只有一个半小时。

　　旅途中我早已锻炼得风风火火，随时可以卷铺盖走人，于是急忙收拾行李。刚来欧洲时我的行李20公斤，一路走一路买，到现在行李已超过30公斤。我跟自己说：得减负了。

　　电饭锅和油米之类的食之根本是万万丢不得的，清点下来决定扔掉所有在立陶宛买的过冬衣服和一些夏装，整整一大包。我佩服自己3个月的长途旅行还一路逛街买衣服，背着锅碗瓢盆，还有舍不得扔掉的吹风机。

　　把扔掉的衣服塞到旅馆房间的角落里，匆匆赶去首都瓦莱塔。摸摸手上2.6欧元的天票，可以在一日内无限次地乘坐任意公车，这三天里我用天票走遍了马耳他的每个角落。

　　除了没有进蓝洞，另一遗憾还有潜水。马耳他有全世界最清澈之一的海水，如空气般透明的海水里，珊瑚、礁石、各种鱼类令人目不暇接。这让我有了再次来马耳他的理由，一个被世界上最古老的海洋所拥抱的岛屿，一个

▼ 行驶在海岸线边的马车

186

▲ 在马耳他给朋友们寄的明信片

▼ 抵御外来侵略的海边战壕

187

▲ 我的落脚处，斯利马的夜晚

充满骑士精神的旧时王宫，等着我再来。

公车走走停停，终于在开船前半小时到达瓦莱塔。这是由一圈石墙围成的古老城市，层层的石阶，古肃的建筑，切割出交织有序的小巷。腓尼基人、迦太基人、罗马人、阿拉伯人、诺曼人、西班牙人、圣约翰骑士、法国人、英国人，都曾侵略过这里。小城里随处可见石灰岩堆砌的城墙、城堡，土黄色的房屋镶嵌着木制彩色门窗。这里的美没有任何矫饰，大海、阳光和山石完美结合，一切都保留着古朴的风貌，没有被现代文化侵蚀。大自然是如此之神奇，给这片土地仿佛赋予了灵魂。

沿着海港奔向码头，在开船前 5 分钟赶到港口的检票处。我的旅行总是跟 5 分钟有着无法割舍的关系：开车前 5 分钟上火车、起飞前 5 分钟到登机口、开船前 5 分钟到码头。

此时托运行李的小车早已收工，开行李车的小伙儿不厌其烦地又将行李车开出来，专门为我一个人拉上大箱子进船舱。

行李有专车专人安置，我打算轻轻松松地进船舱就座，叫上一杯咖啡，享受贵族待遇，才算对得起这 55 欧元的船票。这样的自我安慰仍然掩盖不了我的心疼，1 个多小时的船程，55 欧元就这样没了，比从爱沙尼亚穿越波罗的海去芬兰的船票贵两倍，我恨不得自己游泳过去，从马耳他到西西里不过 60 英里（约为 96.56 公里）而已。

在检票口准备登船，检票的大哥翻翻我护照："你是中国人？Huanhuan？你不能上船。"

看着我无比诧异的样子，检票大哥告诉我："你的衣服忘在了旅馆，旅馆老板很着急，幸好从马耳他去意大利只有我们这里有船，老板打电话交代我们一定要拦下你，他正在赶往码头的路上，给你送衣服来。"

我如当头一棒，傻愣在那里。检票大哥一脸兴奋："是的，这是奇迹，你的东西丢了，有人给你亲自送到码头。"

所有人都在为做了一件好事而自豪，为失而复得而开心，让我不忍心去破坏这幸福的场景。我挤出微笑："太棒了，谢谢你们！"

上帝啊，我的行李已经够重了，还要背着一大包没用的衣服去意大利，世上最苦命的人就是我。

　　轮船特地为了我晚开了 10 分钟，当给我送衣服的旅馆老板气喘吁吁出现在码头时，所有人都在欢呼，开心地笑。我做出感激涕零状配合着这幅动人的场景，完成一桩为外国友人雪中送炭的完美结局，这也算是为中马两国友谊做出贡献。

　　我扛着一大包衣服"欢天喜地"地走进船舱，这是马耳他人民送给我的"礼物"，如此独特，如此记忆深刻，让我哭笑不得。

　　轮船在金色的夕阳下驶出马耳他海港，我坐在窗边贪婪地饱览马耳他最后一抹颜色，直到那一排怀旧的房舍消失在海平面。我会怀念这里的一切。

19

意大利 🇮🇹
西西里的美丽传说

肢体语言

　　已经走过 21 个国家，从东欧到南欧到北欧，在这些非英语的国家里我一路用英文问路、订房、点餐，畅通无阻，直到走进意大利西西里，我彻底被打败。

　　这里的出租车司机只会说 "Yes" 和 "It's beautiful"。无论问他啥问题，比如这里有什么值得去的地方，时间、地点，等等，回答只有这两句。

西西里，这里有活火山、渔村、森林、峡谷、希腊神庙、层叠的山脉、清澈的海水。作为地中海上最大的岛屿，这里曾经居住过希腊人、罗马人、拜占庭人、阿拉伯人、诺曼人、施瓦本人、西班牙人，他们的文化都在这里留下了印记。因为独特的地理使其拥有迷人的自然风光，因为独特的历史使其拥有丰富的文化遗产，两者和谐融合，使西西里岛具有无可抵挡的魅力。

抵达西西里岛的波扎洛（Pozzallo）港已经是夜幕笼罩，再次踏上意大利的国土，没有了罗马的灿烂、威尼斯的色彩、佛罗伦萨的怀旧，鲜为人知的波扎洛小镇满溢着地中海随性的风情，带着人间烟火的味道。

两个小时后我将从这里坐火车去一个三面环海的小镇锡拉库扎（Siracusa），却完全不知道火车站在哪里。已经厌烦每日做功课研究明天的行程，厌烦用 Google 地图去查从哪里到哪里该怎么走，厌烦无所事事之外的一切。

站在小镇的十字路口，我向来来往往的人问路，餐馆的老板、放学的中学生、过路的中年人、年轻人，可所有人都一脸迷茫，没有人听得懂一句"Railway Station"。意大利人非常骄傲于他们的文化和语言，不屑于学英文，尤其是在这个远离尘嚣的海岛上。

我在原地打转了半个小时，在路边餐馆里吃饭的顾客们都看不下去了，有位大叔刚一吃完饭就向我指指他的车，又指指我的行李，说了一堆听不懂

191

▼ 西西里的 Isola Bella 岛，现被列为世界文化遗产

的乡下意大利语并朝我比画，他要开车带着我去找住宿。

我灵机一动，在街上一边跳一边喊："呜——咙、咙、咙，呜——咙、咙、咙"，努力地示意着我要去火车站。

大叔恍然大悟，高兴得手舞足蹈，立马拎起我箱子塞进车里，拉着我呼啸而去。汽车离城镇越来越远，在荒郊穿行，我心里泛起一丝怀疑和不安。"如果大叔是个坏人，把我拉到荒郊野外抢了劫，那我真是毫无反抗之力。"要知道，西西里岛是黑手党的发源地，最著名的黑手党家族曾显赫一时地盘踞在这里。

汽车在一处很小的地中海风格的房子前停下，大叔坚定地指了指那个怎么看都不像火车站的小房子，对着我喊："呜——咙、咙、咙。"我们之间的对话只有两个字：一个"呜"，一个"咙"。

候车室是一座几十平米的房子，早已经关门，昏暗的灯光下站台上没有任何人等车。拖着行李小心翼翼地走到房子后面，祈祷那里不要跳出几个杀手。只见乱草丛生的小丛林中，两条火车轨道铺在那里。这到底是火车站，还是乱葬岗？

虽然火车站杂草丛生，但火车来得却很准时，伴着咙叽咙叽的声响出现了一辆两节车厢的小火车，比游乐园里的小火车还小不少。这火车一看就有不少年头，里面倒是十分干净。夜色迷离，如梦似幻，坐在这样的火车里，颇有点穿越到中世纪欧洲的错觉。

在西西里，每天我都把可能用到的中文词汇或者语句从网上翻译成意大利文写到小本子上，"餐馆、厕所、出口、汽车、火车、请问怎么走"。无论在火车站还是汽车站里，看到常用的标识我就拿着小本子认真记下，时不时掏出本子来背一背，这是我学习史上最用功的一刻。

从陶尔米纳（Taormina）开往阿格里琴托（Agrigento）的火车上，查票的工作人员对我说出"Biglietto"时，我奇迹般地听懂了，那是车票的意思。配合肢体语言我得知，我买的车票需要在火车站的自助打卡机上打卡，在车票上印上今天的乘车日期，否则这张车票在 1 个月内还可以继续使用。如果使用了车票却没有打卡，就是逃票，要罚款 30 欧元并重新买一张车票。

不知者无罪，善良的工作人员并没有给予我罚款，他友善地在我的车票

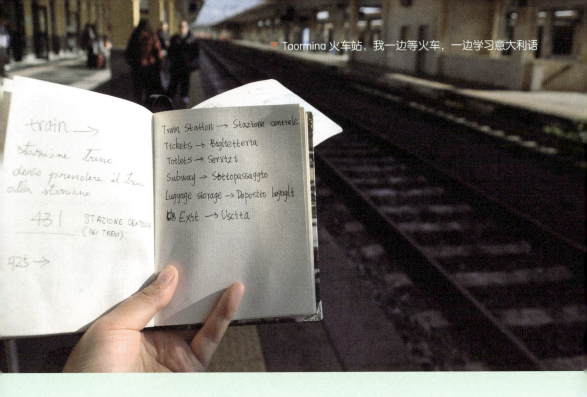

上用笔写上日期，微笑着跟我说"再见"，让我又学会了"打卡"的意大利文。

人们总爱关注西西里的黑手党收了多少保护费，旅行者在意大利被偷了什么东西，而很少有人会去传播意大利人小小的善良。旅行，应该带给我们更宽广的视角、更平和的心态，而不要秉持先入为主的观念，不要让偏见蒙蔽内心。

阿格里琴托是来西西里岛一定要去的地方，它拥有世界上最雄伟、最壮观的有近 2500 年历史的古希腊神庙群，这里也是希腊境外最著名的神庙遗址，有 20 多座古希腊神庙，由英国考古学教师发现。西西里岛的希腊神庙群的轴线是丝毫不差的东西方向，我穿过古希腊神庙群中的神殿谷，站在苍翠的山峦之上，身边一座座神庙耸立，野花开满山头，远处是碧波荡漾的大海，周围是平坦广袤的田园，头顶湛蓝无边的苍穹，背靠繁华似锦的城镇，那气势，让人如痴如醉。

　　找的住处是个家庭旅馆，从老板到服务员只有房东老太太一个人。我居然能用简单的意大利语和她比画，顺利办理了入住手续。这让我惊讶得回不过神，按照这速度，若在西西里岛待上半年，我一定能说一口流利的乡下意大利语。

　　第二天一大早收拾好行李着急出门，把箱子扔到了前台，并给老太太写了一张意大利文纸条留言，拜托她帮我看管好行李，又担心自己写的东西老太太看不明白，便在纸上又画了一个人、一座庙、一个箱子、一个太阳，意思是："我要去参观神庙，把箱子留在你这里，下午回来。"

错过的火车

　　地中海的第一缕阳光将我唤醒，踏着锡拉库扎的石板路开始了西西里岛的旅程。经过古罗马人、拜占庭帝国、那不勒斯王国及意大利王国等时期的统治，西西里承载了多元的文化记忆，见证了无数的兴衰更替。宗教、文化、历史融合的结晶凝固在建筑中，呈现出诺曼式、拜占庭式和伊斯兰式多种风格体系。

　　这座建于公元前的古希腊风格名城曾经辉煌一时，当时是地中海最负盛名的希腊城市，与雅典齐名，现在存留着大量的古希腊遗迹，包括歌剧院、神庙等。那些灰黄色的古老建筑仍旧肩并肩矗立于小城所在的山头，岿然不动，怕是已有千年之久。这里也是阿基米德的故乡。

　　锡拉库扎古城坐落在一个小岛上，光影斑驳的小巷充满了丰富的质感，着实让人容易迷失。于是，干脆乱走，管他哪条街边有什么小巷，管他什么小巷里住着什么人，管他在哪个拐弯处有个冰激凌店还是咖啡馆，管他什么人放学什么人下班……走哪是哪，爱谁是谁。

　　熙熙攘攘的集市上，渔民们正在叫卖清晨刚从海里打捞上来的鱼虾，来来往往的顾客穿梭其中，场面十分热闹。海鲜、奶酪、水果、蔬菜，还有吆喝生意的意大利大叔，等待着买主的农妇，那一刻，仿佛我跌入这一场景，成为故事里的角色之一，点头，微笑，问价。这里有太多的姿态，我喜欢这种生活的味道。

　　卖奶酪的大叔一定要拉着我尝尝他亲手做的奶酪，即使我已经明确告诉他我不会买；卖海鲜的小伙儿比画着表示这些鱼虾在几个小时前还在海里活

蹦乱跳，捕鱼归来的收获让他颇有满足感；穿着明艳的妇人拿出自己家酿造的果酱，示意它可以让面包更加美味；二手摊贩舌灿莲花，推销着老旧物件以及古老的手工艺品……

所有的人说着、笑着、闹着，充满了生活的气息。当地中海的阳光投射其间，西西里，它的华丽，它的混乱，它的丰富，它的曲折，它的人间烟火味道，它的一切一切都那么让我痴迷。

中午时分集市散了，打扫干净之后一点刚刚热闹过的痕迹都找不到。日出而作，日落而息，岛民们就这样安逸地生活着。

以前的旅行，总是尽量用最少的钱去最多的地方，不停赶路，而现在，我宁愿用最多的钱去最少的地方，在一个喜欢的小镇落脚，和当地人做邻居——西西里的时光里，清早起来在金色的晨光中和邻居打招呼，找一个地方吃个牛角包早餐，然后去集市买各式各样的水果和海鲜，漫无目的游荡于石板路的小巷，吃了午饭在海边散步，走累了就找块石头睡上一觉，当夜幕来临，就找几个朋友喝酒聊天，边看斗转星移。

　　在一个百无聊赖的下午，我到海边找了块石头趴在上面晒太阳，美美地睡了一觉。那石头坑坑洼洼，扎得有点生疼，但我躺在这里很享受这种感觉，提醒这一切真实地存在着。

　　地中海和煦的暖风吹拂在脸上，近处的海水清澈得可以看见海里被冲刷得光滑的石头，远处的海水湛蓝得分不出天际线。夕阳渐渐把这个小岛染成了金黄色，我绕着海边一圈一圈地漫步，沉醉在这片宁静祥和的世界里，忘却了自己，也忘却了时间。

　　等我回过神来的时候，看看手表，已经快到下午5点，而去卡塔尼亚（Cantania）的最后一趟火车是下午5点15分。一路狂奔，穿梭在曲曲折折的小巷里，越着急越找不到正确的路，生生地错过了最后一趟火车。

　　索性再回海边，此时，地中海的夕阳正落入水中。静默的船舶，归来的渔夫，忙着晚餐的身影，在夕阳中勾勒出一幅生动的剪影。错过了最后一班火车，却意外邂逅了最美的日落，这岁岁年年风姿不变的色彩，在我回眸的一眼瞬间里，西西里这个名字在我生命中定格。

▲ 锡拉库扎小镇弯弯曲曲的小巷

顺风车

　　有些残破及凌乱的石板路小巷，尽头是华丽的教堂，从地中海上吹来的阵阵微风，和着古老的钟楼敲响的钟声，街头艺人的手风琴演奏着缠绵而凄美的旋律，惊艳于街头穿梭的窈窕身姿，让我不舍得挪动脚步。

　　这个半山腰上的古城有个很好听的名字：陶尔米纳。这个小小城镇，一面临悬崖，一面朝大海，形成它巍然屹立的气势。2000多年前建成的剧院至今还在使用，剧院舞台上的石柱和砖墙已是残垣断壁，从缺口处可以远眺海湾，看蔚蓝色的地中海在海岸线边延伸，看欧洲最大的活火山埃特纳火山。

　　这是个曾经让无数文人墨客着迷的地方——歌德、田纳西·威廉斯、王尔德、大仲马、莫泊桑。这里盛产诗人和画家，也让无数的欧洲富豪留连于此，偶尔能看见海边停靠的私人豪华游艇。这里最吸引我的是 Isola Bella，直译为"美丽岛"。小岛本来一直由私人拥有，直到1990年西西里政府把它买下来，连同陶尔米纳申请联合国世界文化遗产。

　　站在半山腰上俯瞰小岛，长满野花的悬崖下面是礁石和细长的沙滩。在那一片浅滩上，有人独享清凉，有情侣爱意缠绵，有人在水中尽情嬉戏，有人在岸边默默阅读，那透明清澈的浅水，让人的心一下子就静了下来。

　　从古城走下去可得费点功夫，穿着走路并不方便的人字拖，在曲折的下坡路上走得踉踉跄跄。此时，我怀念从马耳他带到意大利后扔掉的凉鞋。

　　走走停停，将近一个小时的光景才从半山腰走到海边。我的目光被一辆停在海边的敞篷车吸引，车里坐着一位花样年华的意大利男子。他一只胳膊

颠沛流离
的美丽

倚在车门上，手指托着自己略有络腮胡的下巴，眼神游离于远方的海天一色，若有所思，神态中透着一份孤独与沧桑，眉宇间又显出一丝性感与豪放。

敞篷车缓缓开动，经过我的身边时停了下来。男子对我微微一笑，跟我说了几句听不懂的话。一顿比画之下，我猜大概的意思是：他要开车上山，问我要不要搭他的顺风车。

我毫不犹豫地答应了，此时已经忘记自己花了一个小时才从山上走下来，我的心里现在只想着坐这辆敞篷车，吹着海风，奔驰在山峦和渔村之间，那是多么美妙的旅程。

穿过狭窄的石板小路，驶向盘山公路，车像是在飞翔，我像是在做梦。远处是气势磅礴的活火山，近处是疏密有致的小渔村，扑面而来的地中海暖风带着海的味道，车里的音响回荡着节奏欢快的意大利音乐，花样男子的侧面轮廓散发着迷人的魅力……

直到男子示意到了山顶，我才恋恋不舍地下了车。他很开心自己做了一件好事，却不知道我刚刚下山时的种种辛苦。

从山顶俯视，居高临下，摄人心魄。浩瀚的大海无边无际，岩石山峰直插大地，脚下是一片红色的渔村，如一颗红宝石镶嵌蓝底；小镇三面临海，一面靠山，一排排房屋顺着山势向四下蔓延；不远处的埃特纳火山，两天前我曾钻进它山中的溶洞里。

在这个凭海临风的岛上，人们一半时间在工作，一半时间在休息，每天的生活就是闲聊、午睡、下海、晒太阳、喝酒。渔村、火山、峡谷、海岸、沙滩、阳光、啤酒、轻松浪漫的气息，无所事事的安逸，我开始体会到了在马其顿遇到的美国人多科说的那种宁静。

在西西里，有一种莫名的归属感。此心安处是吾乡，一切都让人舒坦，无拘无束。这里的消费相对低廉，不用紧紧张张；这里的生活淳朴简单又没有远离现代时尚。如果让我在世界的某个角落停留下来，陶尔米纳是第一个让我心动的地方。

等我从陶醉与恍惚中苏醒过来，那个开车送我上山的男子早已不在，我不得不再花两个小时走下去。我们总是为了小小的满足而承受大大的付出，但没什么可后悔的。

俯览陶尔米纳渔村

205

▲ 远处是欧洲最高的活火山埃特纳

20

法国 ▮▮
下雨的地中海

"欢迎来到普罗旺斯！"马赛机场这句欢迎词让人觉得温馨无比。

普罗旺斯，一个使人浮想联翩的名字，薰衣草、向日葵、金色的麦田，还有凡·高。曾想过在七月的艳阳下去普罗旺斯追寻凡·高的足迹，躺在他画中的麦田里，去他常去的咖啡馆喝一杯咖啡，在被薰衣草包围的教堂里祈祷，而我的第一次到来却是那么突兀，离开西西里岛的机票动辄上百欧元，只有穿过地中海飞往法国马赛的机票最便宜，所以我没有其他选择。

我在马赛的旅馆里躺了整整一天，哪儿都没有去。旅行也会疲惫，也需要休息，昏天黑地的睡觉和坐在玻璃窗前听雨成了在法国最浪漫的事。偶尔，我把头探出窗外，小巷里石板路年月悠久，被磨得圆润而光滑，雨伞下缓缓的脚步声像是在讲述一段光阴的故事。

紫色的薰衣草、橙色的向日葵、金色的麦浪、青翠的葡萄园，冬日的普罗旺斯没有这般绚丽的色彩。下个不停的雨和阴冷的天气让我放弃了去充满凡·高记忆的阿尔勒小镇，我开始不知何去何从。

天刚蒙蒙亮，我拎着大箱子在圣查理火车站长长的石头阶梯上吃力地挪动，期待着以浪漫和绅士著称的法国人会过来帮忙，希望的落空如这冬雨一般冰冷。

踏上去尼斯的火车，那里背靠大山、面朝大海，三面环山的地形把寒冷的空气都挡在外面，冬暖夏凉，几乎一年四季艳阳高照。欧洲坐火车不需要对号入座，找了个角落，塞好箱子，胸前抱着装满贵重物品的小背包开始昏昏入睡。伴着火车有节奏的声响，做了一个恍惚的梦：湖泊、山川、河流、城堡，我在光着脚奔跑。

一觉醒来，挪了挪发麻的脚，对面已经坐下一个身穿橙色僧袍的亚洲面孔，那是一个来自泰国的佛学传播者，平和的心态使得面孔一脸福相，眼角深深的鱼尾纹看得出他经常微笑。

在这个以天主教为主流的西方世界传播佛学，不知道能否被这里的人们接受。僧侣告诉我，从 19 世纪末佛教就开始在欧洲传播，曾在德国哲学家叔本华的高度认可下风靡一时，如今大乘佛学经典已被翻译成法文在法国传播。

宗教的信仰能在绝望中给人以强大的精神支柱，凝聚力量。也正是这种凝聚力，才造成前南斯拉夫各国家间屡次宗教冲突和种族屠杀，饱受战乱之苦。信仰这东西是好是坏，已经让我很难去衡量。

除了火车上"推销信仰"的僧侣，尼斯火车站外还遭遇一群推销美食的年轻人。年轻稚嫩的姑娘小伙儿在街头摆了个小桌，向来往的路人介绍当地特有的美食。一口流利的英语，颠覆了我心中法国人骄傲于他们的语言不屑学英文的印象。

尼斯的海有种清透纯洁的蓝，著名的"蔚蓝海岸"吸引无数来这里度假的欧洲人，因此在尼斯建有法国第二大机场。等待我的仍然是滂沱大雨，狼狈地在火车站附近找了个旅馆把自己安顿下来，连旅馆的老板都说"这天气见鬼了"。

冬雨把地中海的海岸线变成了深灰色，带着清冷的色调，风吹得黑色的海水卷着浪头拍打着沙滩。早在二战前尼斯就是欧洲贵族最钟爱的度假胜地，而此刻，我只能顶着寒风想象着它应有的光彩：海岸与天空，阳光与沙滩，白色鹅卵石铺就的海滨浴场，棕榈树，海岸线，带着普罗旺斯薰衣草的气息，光与影杂糅在一起，散发出无尽的魅力。

尼斯靠近意大利，这里的建筑风格和意大利有几分相似，罗马时代的圆形竞技场和浴池遗址是最有价值去的古迹，老街上穿梭的有轨电车缓缓而行，随处可见的老爷车怪异中简约又张扬，穿梭在身边总能勾起些记忆深处的怀旧，而那些狭窄小巷中则藏着属于本地人的散漫悠闲。数百年来，尼斯一直保持着自己原来的模样，并以其固有的姿态淡然地迎接人们的来来往往。

在尼斯我干了两件重要的事：狠狠地在中餐馆大吃一顿，逛遍了市中心所有的服装专卖店。这里的男人女人都很有气质，穿着考究。橱窗里那一件件漂亮的衣服鞋子时尚精致，琳琅满目的奢侈品店和高级百货店比比皆是。我撑伞走在时尚与古朴之间，落得湿去半个衣袖。

颠沛流离
的美丽

　　游艇、豪车、别墅、赌场、赛车，还有一年 300 多个艳阳天，这就是摩纳哥。

　　我没有赶上 F1 车赛，没有进奢华赌场，连一年 300 多个艳阳天都没有遇到。那雨，哗哗地，伴着地中海湿润的海风从四面八方灌过来，手中柔弱的小伞左右摇晃，无论朝哪个方向都无法挡住呼啸而来的冰冷。

　　我想我应该去赌场赌一把，摩纳哥极其罕见的下雨天都能遇到，凭这运气，没准儿一把就能赢回欧洲旅游的花费。这里的赌场要衣冠楚楚方可进入，我这一副风尘仆仆的样子怕是要被拒绝入内。

　　中世纪风格的街道上不见行人的踪影，一辆辆豪车从身边鱼贯而过，豪华游艇密密麻麻地布满港湾，山坡上眺望台的地面上积满了雨水，护栏的石台的宽度正好能放一只脚，我小心翼翼走独木桥般地挪过去俯览港湾。红色屋顶的别墅散落在深浅不一的绿色植被中，地中海风情的各色建筑辉耀闪烁，即使在雨天，也掩盖不住富贵中的美丽。

　　面积不到 2 平方公里的摩纳哥是世界上人口最稠密的国家之一，这个国家没有军队，除了靠地中海的南部海岸线之外，全境北、西、东三面皆被法国包围。地中海的阳光美景，轻松的环境氛围，发达的公共卫生健康医疗机构，富裕的生活，使得摩纳哥成为世界著名的长寿之国。

　　摩纳哥的海景在欧洲并不算出众，之所以被欧洲人称为"天堂的国度"，更多是因为在这里无须缴纳个人所得税。在隔壁法国，年收入超过百万欧元要缴纳 75% 的重税；在邻近的意大利，有人甚至被征收 100% 的税收。摩纳哥的免税政策使得大量欧洲其他国家的富人来此避税移民，这里就成了富豪的天堂。如今摩纳哥本土人口比例已经不到 15%，法国人和意大利人占据了这里的大多数。

摩纳哥至今还保留着君主制，亲王是国家元首，住在山顶悬崖边的摩纳哥皇宫里。富豪之国的皇宫没有太多奢华之气，淡黄色的三层建筑古朴、低调，看起来更像是防御城堡。

我想起摩纳哥王妃格蕾丝，一个灰姑娘变成公主的真实故事。她出生在美国，不顾家人反对决意投身演艺生涯，成为第 27 届奥斯卡影后，事业辉煌一时，后来与摩纳哥王子雷尼尔三世一见钟情，从此放弃成功的事业，隐退影坛，追随王子来到摩纳哥，过起了王子与公主的幸福生活。

这个国家最华丽的建筑要数蒙特卡罗赌场，由巴黎歌剧院的同一个设计师所设计，内部的天花板和墙壁古典瑰丽，犹如一座豪华的宫殿，富丽堂皇，奢华无比。卡迪拉克、劳斯莱斯、法拉利、雷诺、保时捷，各种豪车停在赌场门口，五花八门的型号，包括稀有的改装版本，看得人眼花缭乱。我这个乡下妞从没有见过如此多的豪车，来摩纳哥旅行，是在参观世界名车展吗？

F1 车赛成为这个国家闻名于世的标志，蒙特卡罗街面赛道是世界上难度最高的赛道，被形容为"如同在卧室里开直升机"——前方群山矗立，路旁一幢幢建筑电闪而过，转过一个弯道，就是灯火辉煌的赌场，又一个急弯道钻入隧道，不一会儿一道亮光乍现，赛车如流星般冲上大街……赛车过程中一个小小的错误就有可能让车手撞上护栏发生事故，只有最顶尖的车手才能在此赛道获得胜利，而车手也以赢取摩纳哥大奖赛冠军杯当作毕生的愿望。

雨越下越大，磅礴的大雨浇灭了所有的喧嚣，黑压压的乌云让眼前一片昏暗，我坐在哥特式建筑风格的市政厅的台阶上小憩。在世界上最富有的国度里，衣着朴素的我内心浮现出前所未有的平和与幸福。

市政厅里的三个政府官员出来透气，从精致高档的着装就知道是有些身份的人，他们看了看坐在台阶上的我——穿了一个星期没洗的裤子上已经半截泥水，灰色的抓绒衣在这昏暗的光线下显得无比土气，背包湿答答在滴水，抱在怀里的相机是唯一能证明我不是流浪汉的东西。

他们并没有叫保安把我轰走，而是朝我投以亲切的微笑。其中一个最有派头的人问我是从哪里来的旅行者，对摩纳哥的看法如何。我和他们聊了起

颠沛流离
的美丽

来，打发着暴雨天里无聊的时光。谈到富豪们的移民，他们告诉我，其实移民摩纳哥非常困难，这里每栋房子、每间公寓的售出必须要有摩纳哥大公的亲笔签名，光有钱没有显赫的家世是不行的，连帕瓦罗蒂也申请了很多年，才破例被恩准成为摩纳哥公民。

我没有豪车游艇，没有华丽的衣帽鞋包，更没有显赫的家世，但在富豪国度的摩纳哥政府官员那里得到的是礼貌和尊重，让我对这个国家的好感极度上升。

马特洪峰之巅

　　我是临时冲到瑞士来的，冬日的南法一直大雨，没有薰衣草，也没有向日葵，听不到风吹麦浪的声音，那就撤吧，1 个小时的飞机飞到了日内瓦。我喜欢这种随意，走到哪里是哪里。

　　来瑞士还有个原因："空儿"，5 年前我曾和他大吵一架并立志来瑞士抄他的家。空儿是云南人，在瑞士瓦莱读书、工作，已经在阿尔卑斯山沟里生活了 11 年。一个人旅行时间太久会孤独，想和朋友叙叙旧，即使是在朋友家发发呆也好。

　　瑞士消费真是全球最贵，无论是住宿还是交通都离谱得让我发指。"瑞士通票（Swiss Pass）"成了游瑞士最省钱的方式，我买了一张 8 日的瑞士通票，价格 320 欧元，凭通票可以在 8 日内免费乘坐瑞士境内的绝大多数火车（登山火车除外）、公共汽车和部分游船。

　　既然买了瑞士通票，那就要把火车坐够本儿，我锁定了"冰川快车"，它被称为"世界上行驶最慢的观景快车"，车厢是配有玻璃车顶的全景车厢，坐在车厢里，窗外的景色尽收眼底。行程近 7 个半小时，跨越 291 座桥梁，穿过 91 条隧道，翻过瓦尔德山岭，从流入地中海的罗纳河流域，经过流入北海的莱茵河的源头，再来到流入黑海的因河河谷，整个线路越过欧洲大陆的分水岭，行驶在阿尔卑斯山的正中间，将阿尔卑斯山最美丽的壮丽景观一览无遗。

　　冰川快车的全景车厢需要提前预订，当我在火车站的服务中心预订时，却得到一个噩耗：这半个月冰川快车停运检修。

　　转身奔向瑞士那片即将消失的壮美冰山群，一般游客会花费上百瑞郎的交通费上少女峰去看这片冰川，空儿推荐我从费斯小镇坐缆车上另一座山，花很少的钱同样能看到这片冰川，视野更壮阔。

　　倒了 3 趟火车，辗转到了费斯。那是一个群山环绕的山谷，一座座小木屋层层伫立在白雪皑皑的世界里，蜿蜒的河流缓缓奔向远方，银装素裹的树林在这大山里显得那么寂寥，火车的汽笛声隐隐传来如这苍茫大地上奏起的梦幻曲，天地间仿佛瞬间万籁俱寂。

　　正要坐缆车上冰川，又得到一个噩耗：这半个月几乎所有瑞士境内的缆车停运检修，为即将到来的滑雪高峰做准备。

　　空儿发来短信："你只能自己爬上去。"

215

▲ 美丽的费斯小镇

我望望高耸的雪山，再看看脚上一双从夏天穿到现在的运动鞋，在雪地里已经湿了一半，腿上套着一条夏天的单裤，我撇撇嘴，拉紧了身上唯一一件羽绒服。

空儿发来的短信给我死去的心燃起了一丝希望："虽然冰川快车停运了，你还是可以坐普通火车穿行阿尔卑斯山，就是速度快点，车厢破点。你也可以中途下车，看到哪儿漂亮就在哪儿下，然后坐下一班火车继续前行，一个小时一趟，一路走走停停。"

好吧，那只能这样了。拖着箱子跳上火车，一路沿着阿尔卑斯山脉向东奔去。普通火车虽没有冰川快车豪华，却也干净舒适，车厢里空荡荡的，没有游客，几个当地居民稀稀拉拉散坐在车厢里，安详而平静。喜欢这样没有其他游客的旅行，让我觉得自己不是旅行者，而是个暂居此地的路人。

窗外，那是阿尔卑斯山之魂，纯净、空灵，云卷云舒。山的那边是即将消失的冰川，由于全球气候变暖，冰雪融化后从山巅潺潺流下，仿佛是冰川的最后一滴泪。

普通火车逢站必停，每一个车站我都有冲下车的欲望。山沟里的小户农家星罗棋布，已经停业的高山牧场散落在山峦四野，那些深谷山间的古朴村庄和崇山峻岭中的风情小镇，成为山色中最美的点缀。

忍了两个车站之后，我决定下车看看，管它现在到了什么站。我跳下火车，一只脚刚踏上山里的雪地，顿时半条腿淹没在雪地里，腿一软差点瘫倒在地。我看见天空在云朵后渐渐露出湛蓝色，村庄坐落在云雾缭绕的半山腰，起伏的山脉在视线里延伸到天际，一幅气势磅礴的田园画卷在天地间展开。那些巨大的冰川和孤傲的高山湖，在云雾里更透出一种世外的冷峻荒凉。

宁静的雪山、和暖的阳光让美好的感觉无限蔓延，多么庆幸自己没有坐上冰川快车，如果真坐上了，即使经过这里，也会因为中途不能停车而错过这最原汁原味的阿尔卑斯。在这里小停片刻的机会，才能感受到这阿尔卑斯山之魂。

瑞士之美，不在于非得登什么山，去什么峰不可，在阿尔卑斯山的山沟里找一个小山村，上学的孩童、滑雪的一家人、温馨的小屋，那就是瑞士的味道。这里的乡村、山水、森林、安居其间的村社人家，阡陌交通，鸡犬相闻，这正是陶渊明笔下那个梦幻般的桃花源。

心满意足地晃荡一个小时后，我再次上了下一趟火车，继续前行。由于瑞士人少，乘火车在这些小站下车的人更是凤毛麟角，所以这一路火车停站等待时间不到 10 秒钟，有的地方甚至就意思一下停车开门，然后马上关门开车，以至于好几站我都来不及下车，我便干脆守在车厢门边，随时准备下车。

第二次下了火车，一甩手把箱子扔到一个隐蔽的角落，朝大山奔去。拖着箱子逛山沟非常不方便，而在这个空无一人的小站完全不用担心箱子被偷，即使有人拿了我的箱子，也得跟我乘坐同一辆火车才能离去。

这一站是在阿尔卑斯山脉群山环绕之中，云层已经把蓝天完全遮蔽，山谷里隐约听得到雪碎的声音。寂静高远苍穹、终年积雪的山峰、傲气逼人的冰川，面对着苍茫天地，我卑微得如一粒尘埃。张开双臂，闭上眼睛，是雄伟的大山，是辽阔的原野，是漫天的飞雪，是浪漫的童话。面前的一切仿佛在诉说着阿尔卑斯那万年久远的故事。

我迷恋于阿尔卑斯深山里最宁静的美丽，执着地沿着阿尔卑斯山穿行，火车驶过一站又一站，来来回回走了两天，直到这条铁路线上的检票员都认识我了。

"Huanhuan，你又来了！"检票员一点头，一微笑，都不用来查我的票，闲着没事的时候就过来和我这个古怪的东方行者拉家常。

检票员和我打了一个赌：等到以后我再来瑞士坐火车时他们还能认出我。因为他们在这条铁路线上工作多年，从来没有见过一个连续两天反反复复坐火车的中国人。

滑雪

　　"我要去看马特洪峰的倒影。"5年前，我在网上写下这句话。

　　5年后，我站在马特洪峰的湖泊前，眼前是白茫茫的一片。我忘了，现在是冬季，湖水早已结冰。

　　阿尔卑斯山脉将欧洲分隔为两个世界。山的南面是喧嚣与衰退，山的北面是宁静与富饶。

　　20分钟的小火车把我从采尔马特小镇送到了海拔4000多米的高度，马特洪峰近在眼前。阿尔卑斯山雄浑伟岸却又那么容易让人亲

颠沛流离
的美丽

▼ 马特洪峰前的滑雪者

近，没有攀登的艰辛，没有高原缺氧之苦，可以翘着二郎腿在小火车上吹暖风喝啤酒，在山腰的餐厅里边品着咖啡，边眺望玻璃窗外欧洲最壮阔的山脉。

　　瑞士的户外运动开发得极度完善，如果要徒步穿越阿尔卑斯山，沿途可见修得极好的徒步道和步行标识，山峦之间总能找到避世而居的村庄、贴心为徒步者准备的粮草补充小店，实在走不动了找个有缆车或是火车的地方就能全身而退，舍得花钱可直接打电话叫部直升机来山顶接人。我终于明白在新西兰为何有那么多徒步穿越被困请求救援的人几乎都来自欧洲，他们能轻易地登上欧洲的阿尔卑斯山，自然不把新西兰的南阿尔卑斯山放在眼里，殊不知南阿尔卑斯山脉的山沟里也许一连几天手机没有信号，人迹罕至，一旦迷路，走到断水断粮也找不到任何人家。

　　瑞士的冬天是明媚的阳光和耀眼的积雪共同绘制成的童话世界。马特洪峰横跨瑞士和意大利，山峰呈锥状，只有专业的登山家才能攀登它，即使多少人为此付出了生命，也不能阻挡众多登山者将攀登马特洪峰视为人生的终极梦想。每当夕阳西下时，长年积雪的山体反射出金属般的光芒，慑人心魄，在欧洲人的心里它是阿尔卑斯山的象征。我站在马特洪峰山峰侧旁俯瞰瑞士大地，38 座海拔 4000 米以上的群峰、壮丽的冰河以及连绵的皑皑白雪尽收眼底。马特洪峰一柱擎天，直指天际，气势如虹，脚下是特奥道尔冰河，后面是戈尔内冰河，一座座冰峰如倚天长剑，一条条冰川似银蛇蜿蜒，山弯处的一间间木制小屋如繁星点点。

马特洪峰地区汇集了来自世界各地的滑雪者。从山脚下去马特洪峰附近的方式还有很多：滑道、上山缆车、索道、传送带、包厢缆车，四通八达，从不同地方滑下来后，不同的缆车准能把你再送回各处。

停在一旁的救护雪橇摩托提醒着可能发生的危险。如此险峻的地形，我想真要出了什么危险，一定是大事。许多滑雪者的冲刺速度都超过每小时 50 公里，难怪在瑞士会有 "请勿把雪道当成 F1 赛车场" 的警告。

有的人从采尔马特上了阿尔卑斯山之后会从另一面山坡滑下去，山坡的北面是瑞士，南面是意大利。一个个身手敏捷的滑雪者在山顶深吸一口气，纵身一跃，踩着积雪顺山势飞驰而下，一口气从瑞士滑到意大利的切尔维尼亚（Cervinia）小镇，就这样出国了。

欧洲的富人，夏天在亚得里亚海晒太阳，冬天到阿尔卑斯山滑雪。滑雪成了瑞士最受欢迎的运动，小到幼儿园四五岁的小孩，大到七八十岁的长者，只要能运动的人都十分享受雪中冲刺的快感。

我的滑雪水平仅限能够站稳，只得仰视那些风中舞动的滑雪者，识趣地在山脚下找了个几乎是平地的滑雪场。与其说这是滑雪场，不如说是村民们拔掉枯树枝开辟出的一条起伏的大道，在这里滑雪的大多是初学滑雪的小孩。坡度起伏最大不超过 40 度，一不留神脚下的雪板还是会跑脱，我一个四仰八叉摔出去，一直溜下去几十米才被树木截住。滑雪的小朋友们帮我捡来飞出去的雪板、雪杖和绒线帽，围住我好奇地问候。

丛林中散落着富有阿尔卑斯建筑风格的小木屋，此刻飘出诱人的食物香气。钻进一家小店，不忍心细看物价，要了个奶酪火锅。瑞士高昂的物价也如同这里的美景一样震慑心扉令人难以忘怀，在瑞士的十天花了在巴尔干一个月的旅行费用，临走时没忍住还买了一块便宜的手表。

据说在瑞士还不发达的年代，山里人无事可做，于是便开始在自家的作坊中研究起制表工艺，时间有的是，性子便也被磨炼得审慎而精益求精。每到春天，大家便把做好的表拿到集市上贩卖，一来二去，这里便出产了传世的顶级腕表品牌。一味地制表甚是辛苦费神，总得吃点什么补充体力，这里便成了巧克力的故乡，上等可可豆带点微酸的苦味配合着牛奶的甜滑真是恰到好处的舌尖舞蹈。瑞士人把家里的食材搜罗搜罗，面包、土豆扔进奶酪锅里，久而久之，便成了天下人最爱的瑞士美食——奶酪火锅。

从新西兰回来之后，一直都被一个话题围绕：新西兰和瑞士到底哪个美？在我眼里，世界上每一个国度都是独一无二的。相对于新西兰的纯净和凄美，瑞士则充满生活的味道：适合与心爱的人隐居在此，富裕的国度，衣食无忧，没有纷争，没有攀比，没有复杂的人际关系，淡泊名利，日出而作，日落而息，滑雪、旅游、工作，品山光水色，看日出日落，日复一日，年复一年。

难怪那么多名人会把自己的晚年安顿在瑞士，绝世美丽的赫本如此，绝世幽默的卓别林如此，绝世聪明的柯南亦如此。

这是我心底深深渴望的生活，我被瑞士的安宁感动着，似乎心里所有世俗的欲望都已净化。要实现这种理想生活，不知道一路上我还要走多久。我傻傻呆呆地站在自己的梦想里，想要伸手触摸，仿佛遥不可及，可今天的幸福与满足，却又那么真实。

23

列支敦士登
隐藏于世的山水

列支敦士登公国（Principality of Liechtenstein）的英文名字还真是难念，到现在我还经常念错，在德语中是"发亮的石头"的意思。160平方公里的国土，可以用瑞士的SW通票免费到达，在一个暴风雪天我晃悠到这里。

这个富裕的小国家为了保留世袭贵族称号而对领土加以命名，没有自己的军队，没有火车站，没有机场，没有电视局和广播局（借"邻居"的用），没有自己的货币（借瑞士货币用），世界上唯一两个双重内陆国之一（另一个是乌兹别克），唯一一个官方语言是德语却不跟德国接壤的国家，这个国家至今还是君主立宪制，君主拥有实权，全国政府官员上下加起来不到十个人，国家的大事小事只要开个四方会议就可以搞定。

这样一个奇特的国家怎能不勾起我的好奇心？此时漫天雪，寒风啸，一路上的黑麦草绿茵茵，天越冷草越绿。

尽管这个国家的面积只有我居住的城市1%大，我也不再会用"面积小"来形容它。去了梵蒂冈曾以为自己到了世界上最小的国家，旅行让我发现世界上原来还有很多更小的"国家"。没有领土的"马耳他骑士团国"已和世界上100多个国家建立了外交关系，并在欧盟设有大使。有些"国家"则还在为获得其他国家的承认而挣扎，英国的"西兰公国"、西班牙的"阿斯图里亚斯公国"、挪威的"尼马克共和国"、意大利的"塞波加大公国"、澳大利亚的"赫特河省公国"、瑞典的"瓦尔加兰王国"、丹麦的"埃洛王国"、南太平洋的"弥涅耳瓦公国"、美国的"米咯斯西亚共和国"，等等，还有数不清的不知名"国家"。一家子圈一块地，自封为国王，其妻子为王后，

224

225

▲ 散落在阿尔卑斯山脉的居民

定一个国号，发行护照，还拥有宪法、国旗、国徽、货币、邮票。有的"国家"人口即使只有一个人，其主权也是神圣不可侵犯的。

这里的经济支柱为金融业、轻工业（假牙制造）、邮票和旅游业。列支敦士登繁荣的经济活动带给该国人均5万美元的国民生产总值，远远超过富裕的瑞士，是德国的两倍。

首都瓦杜兹是一个古老的村镇，街道上没有行人，商户紧闭大门，村民的房子建在山坡上，造型别致，色彩斑斓。建于9世纪的瓦杜兹城堡高高凌居于山峰之顶，俯瞰全城，象征至高无上的王权。虽然高却不觉得遥不可及，以亲民著称的历代王族就居住在这里。城堡不仅是王室的住所，而且也是一座举世闻名的私人博物馆，保存有家族4个世纪以来收藏的大量名画、珍贵文物和造型艺术品，藏品之丰富仅有英女王可与之匹敌。遗憾的是，城堡不向游人开放，我只能对这座神秘古堡望而兴叹。

列支敦士登是世界上最大的邮票输出国。我直奔邮票博物馆，各种风格的邮票，漂亮的图案、丰富的题材，表现着不同的主题和内容，能感觉到设计者的匠心独具，难怪会受到世界各国集邮爱好者的喜爱。

在一张已有100多年历史的明信片前我停下脚步，当年的寄件人和收件人早已作古，一张小小的卡片寄托了怎样的情怀？我爱好收集明信片，至今已经收集到了来自世界100多个国家的上千张明信片，期待有一天我能集全世界上所有国家的明信片。

邮局外的雕像饱受风霜的脸庞，却有着平静的表情，以后现代的方式静静表现着生活的真谛。商业街出奇的干净、整洁、空旷。

由于人少，这个国家治安极好，因为只要发生一点点事情就会被公布在报纸上，谁家有点风吹草动左邻右舍尽人皆知，多年来，未发生过暴力冲突、恐怖事件和重大盗窃案件，甚至连吵架、斗殴的事情也极少发生，社会十分稳定。这里没有专门的监狱，真可谓安居乐业的世外桃源。

让我意外的是，有一堆堆的中国旅游团顶着暴风雪风风火火而来，买几张邮票，在留言簿上写"到此一游"，在城堡下拍几张照，一个小时之内又匆匆坐车离去，如"蝗虫"般掠过。

巴塞罗那的抢劫

　　高迪、足球、巴萨、大教堂、哥伦布的航海时代、热情的弗拉明戈舞蹈，这是巴塞罗那的标记。

　　对于高迪，我原只知道他是一位很著名的建筑师，在看了圣家族大教堂、米拉之家、古埃尔公园的照片后，像我这样一个不懂建筑又不懂艺术的人都感到极大震撼。去巴塞罗那，为了高迪而来。

　　高迪喜欢建造世界上不存在的东西，铁片、马赛克、毛石、镜面、碎瓦、瓷盘，到了高迪手上就雕塑成别样的艺术品。走在巴塞罗那街头，凡是看到造型稀奇古怪又色彩绚烂的建筑，不用说，一定出自高迪之手。

　　高迪一生清贫，经常向哥哥讨生活。为了建造圣家族大教堂，他花光了自己的积蓄，其后又在花甲之年亲自上街乞讨。圣家族大教堂到如今已修了100多年还没有完工，世界上再也没有第二座与它风格类似、可以跟它相媲美的教堂了。教堂的整体设计以洞穴、山脉、花草、动物为灵感，梦幻般的自然元素和天主教文化完美地结合在一起。高迪用尽了自己毕生的精力都没有看到教堂建成的那一天，但是他赢得了人们的尊重和崇敬。

　　易捷（Easyjet）是瑞士飞往其他国家唯一的廉价航空，晚上9点多走出巴塞罗那机场，顿时感到阵阵暖意，即使是夜晚，气温也比瑞士高10多度，我终于从阿尔卑斯的山沟里进城了。

▼ 高迪的毕生心血圣家族大教堂，修建了 100 多年，至今还没完工

颠沛流离
的美丽

巴塞罗那给人的第一感觉是古老和沧桑，然而站在这繁华中央，你会发现这座城市在保留了绝大部分特色文化的同时，也注入了崭新的元素。深夜的加泰罗尼亚（Catalunya）广场依旧灯火辉煌，黑夜掩盖不了这座城市的青春活力。一座激情四射的城市，深夜仍然人来人往，让我想起电影大师伍迪·艾伦的那部电影《午夜巴塞罗那》：午夜的巴塞罗那，你猜不到等待你的会是什么。

　　经过我身边的一个小伙子提醒我："你的衣服脏了。"我低头一看，我的羽绒服上洒了斑斑点点的东西，像是颜料，大概是哪里装修漏了东西洒下来的吧。用手蹭蹭，擦不掉。本就打算在旅行快结束的时候购物买衣服，随它去。

　　以加泰罗尼亚广场为中心辐射出很多条路，让我晕头转向。在西班牙别指望英文能有太多用武之地，这里的年轻人很少学英文。西班牙对于整个世界已是一个时代标记，十五六世纪西班牙航海的强大给西班牙人带来了将近整个南美洲的殖民统治和财富，使西班牙语成为世界第三大语言。

　　一个身影出现在我身边，越靠越近，那是一张年轻的脸，略带胡须。他很认真地提醒我，我的箱子脏了。我俯身观看，还是点点滴滴的颜料，跟我衣服上的一样。我朝对方笑笑，继续前行。

　　慢慢感觉有些不对劲，我看了看身后的背包，外面一层的拉链已经拉开，里面空空如也，我像被人猛地敲了一棒。刚从瑞士飞过来，不记得自己是不是随手把护照也插到外面这层袋子里。我这才明白过来，提醒我衣服和箱子脏了的都是小偷，他们锲而不舍，从下车的地方一直跟到这里。

　　路灯昏黄，人影晃动，午夜的巴塞罗那犹如巨大的漩涡，一不小心就会陷入。

　　我终于看到了旅馆的名字，像是溺水的人找到一块木板。这家旅馆在网上评价人气非常高，快 12 点前台还有不少人在办理入住手续。

　　我长长舒了口气，把身上的背包放在地上，翻开里层的空间，我看到了护照，还好它还在。

　　"你的箱子脏了。"又是那句我熟悉的话，这回是一张没有见过的脸。一路被人"提醒"让我有了心理阴影，恐惧和不安又从心底冒出来，我下意识把放在地上的背包带子在手上挽了一圈。还没等我回过神来，一股很强劲的力量要把包从我手上抢走。

这个提醒我箱子脏了的人和抢包的人是一伙的，他想引开我的视线。可正是这多此一举，让我下意识牢牢抓住背包上的带子，使得我有时间挣扎。几秒钟后，我的包被夺过去。背包里有我的笔记本电脑和一个移动硬盘，里面保存着两个多月旅行和多年来拍摄的所有照片。

抢劫者朝门口跑去就快夺门而出了，所有人还没有反应过来是怎么回事，这时门口一个不算高大的男人挡住去路，他穿着短袖 T 恤，穿双拖鞋，一把拽住抢劫者手上的包。

"救命，救命！"我开始语无伦次地喊着。大厅里还有五六个人，这才明白发生了什么。如果大家一拥而上，这两个抢劫者一定束手就擒，一看这阵势不对，抢劫者立马把包松开，落荒而逃。

"你没事吧？"拖鞋男把包递过来，他温柔的眼神平复不了我的慌乱。他是住在这里的旅客，一个人来巴塞罗那旅行，来前台要上网的密码，正好遇到这一幕，就顺手帮我抢回了包。

这趟旅行出发前我已经做好了被偷、被抢的准备，我想，危险也许会发生在战争结束后不久的科索沃，或是黑手党盘踞的意大利西西里，抑或是千疮百孔的萨拉热窝，还可能是被传为"人口贩子之国"的阿尔巴尼亚，然而在这些国家我都安然无恙，却在西班牙这西方文明社会一家旅馆的前台被抢了。

失魂落魄中我没有记住拖鞋男的名字。他带着我办理了入住手续，帮我把箱子拎进了房间，一切安排妥当后，我仍惊魂未定。

"常在河边走，哪有不湿鞋。"周游列国的旅行者有谁没被抢过，我不过是遭遇到该经历的事情，想想便心安了。

颠沛流离
的美丽

231

▲ 巴塞罗那全景

地铁里的别离

　　曾经多么期待西班牙的旅行，多么向往巴塞罗那，所有满腔热情在一夜之间被毁，如果不是跟老朋友 Chimi 约了在西班牙相聚，我一定买张机票飞去其他国家。

　　和 Chimi 相约在西班牙北部小镇萨拉戈萨（Zaragoza）见面。在西班牙，火车比汽车贵，在不影响旅行质量的情况下我果断选择了汽车。

　　无人关注的萨拉戈萨在西班牙的旅游名册上毫不起眼，少有游客驻足，它不如别的城市那么绚丽多姿。我的到来正值周末，商家关门休息，让原本冷清的城市更显萧条，这倒正适合与朋友相聚。

　　萨拉戈萨是静谧的，在空旷无人的街上游荡的感觉似乎久违了。伴着晨曦的光芒，河边的教堂悄然伫立，颇有几分佛罗伦萨的味道。古城中心由 11 个圆顶、4 个高塔组成的皮拉尔圣母教堂是萨拉戈萨的标志，它所供奉的"皮拉尔圣女"是所有讲西班牙语国家的守护神。第二次世界大战时，德国纳粹的飞机轰炸这座城市，企图炸毁这座教堂，两枚炸弹投在了皮拉尔大教堂屋顶上，一枚都没有爆炸。

　　这些天 Chimi 拼命加班，特地攒下了假期来与我团聚。Chimi 的父母是浙江人，几十年前来西班牙做生意，Chimi 在西班牙的一个海岛上土生土长，身上却保留了很多中国人的特质和传统。3 年前我曾带她去北京的金山岭长城，而今她开着敞篷车带我穿越西班牙北部。

　　12 月的时节，欧洲绝大部分国家都已是阴沉沉的天气，而西班牙的天空

颠沛流离
的美丽

永远蔚蓝一片，蜿蜒的公路边是荒凉的戈壁，杂草丛生，无边无际。Chimi
在高速公路上向西行驶，奔向马德里，前方的路或弯曲，或笔直，看不到尽头，
人的心绪也和这大漠一样，无限延伸，尽情舒展，旅途仿佛变成了朝圣。

　　傍晚的阳光透过玻璃窗洒在人身上懒洋洋的，我们行驶的方向正对着夕
阳。这样的金色让情绪充满怀旧的味道，也让我们昏昏欲睡，使得在高速公
路上飞驰的 Chimi 迷糊起来。我搜罗着各种笑话和八卦，不停地跟 Chimi
说话，刺激她的神经，生怕她一不留神把车撞到栏杆上。

　　海鲜饭、绿橄榄、火一般的足球、热血沸腾的斗牛、蔚蓝的天空、古朴
而精致的街道，一扫在巴塞罗那被抢劫的阴影，我开始凝视西班牙的模样。

　　天黑前抵达了马德里，和 Chimi 各自分开，我开始四处游荡。这个充满
了悠久历史和文化底蕴的城市，如今更深刻的烙印是足球。马德里足球队出
现在这座城市地皮最为昂贵的查马丁区，很快聚集在这个球队周围的都是一一

群抽雪茄的胖子，直到有了皇室的封号，从此，这座城市就有了第一品牌。随着皇家马德里的顽强崛起，巴列卡诺的不甘于下，以及一批周边卫星城球队的群雄争霸，马德里十几个世纪的文化沉淀中终于有了足球的份额。

漫步马德里，在欧洲最古老的马约尔广场喝一杯巧克力，在普拉多博物馆凝视维拉斯基那幅价值连城的油画《小宫女》，在阿尔卡拉卫星城寻找 14 世纪大学的气息，再回到市内阿尔卡拉凯旋门凭吊拿破仑的神勇，阅历了温达斯斗牛场的血腥，又陶醉于圣西德罗的节日，走过马德里内战的小巷，钻进阿尔穆德纳教堂忏悔……在这一切之后，必定要去看一场足球，在喧嚣中体会一个城市的疯狂。

足球并没有让我疯狂，一个可爱的姑娘"冰糕"的意外出现让我疯狂了。冰糕是萨尔茨堡姗姗的好友，她们俩曾同在奥地利工作，2008 年北京奥运会火炬在奥地利传递时她们同为志愿者，为维持现场秩序她们一起并肩作战，率真的个性让她们很快成为挚友。

我和冰糕从未见过面却彼此仰慕许久。现在定居于马德里的冰糕得知我来到马德里，特地在家亲自做了很多小点心要给我送来。我们约在市中心广场见面，茫茫人海中仅凭着多年前的照片寻找对方的模样。广场上正遇马德里的一场游行示威，穿着白色衣服的游行队伍浩浩荡荡，大批警察来来往往，在乱哄哄的人群中我见到一个表情慌乱的东方面孔，第一次见面，我们一见如故。

冰糕带我用 3 个小时走遍了马德里主要的景点，又匆匆地赶着去工作，真是辛苦。短短半天的相聚竟让我有那么多不舍，来自内心淡淡的忧伤充斥在陌生的城市离别的地铁车站里，我们等着来自不同方向的地铁。

地铁竟然同时到达，我们各自上了不同方向的车厢，彼此都忍不住还想多看一眼对方的背影，心有灵犀地挤到窗户前，使劲地挥手，直到列车开动，看着对面的笑容在视线中一闪而过。

一天后，冰糕发来一张照片，她说永远难忘在地铁里和我分手的那一刻，便把它画了下来。在那幅画里，有两个傻姑娘在地铁里告别。

▲ 警察紧紧盯着游行示威的队伍

235

25

安道尔 🏴
"偷渡"

这个位于山谷之中面积仅 400 多平方公里的小国——安道尔是一个不收税的国家，游客不是冲着举国上下一律免税的购物商场而去，就是冲着它五个风景绝美的滑雪场而去。

安道尔不是申根国，又没有国际机场，只能走陆路取道相邻的西班牙或者法国，或是开着私人直升机飞过来。虽然安道尔对中国护照免签，但只能从法国或者西班牙进入，从西班牙或者法国去了安道尔就意味着出了申根国，如果是单次申根签证，那么此刻你的签证就作废了，经常听说有中国游客入境安道尔被拒，原车返回。

我再次看看我那无敌的多次申根签证，放心大胆地买了从巴塞罗那去安道尔的汽车票。

一路沿着曲折的山路前行，蔚蓝的天空下安详的村庄躺在山峦的臂弯里，4 个多小时候后车辆放慢速度，那是要入关了。

迷迷糊糊进了安道尔，没有人查我的护照，没有人在我的护照上盖申根国的出境章，也没有人来盖安道尔的入境章，严格来说："我偷渡了！"

西班牙人和法国人在周末开着车而来，载一车免税品回去，顺便给车加个油，再去索尔德乌（Soldeu）滑雪场运动运动。免税店、咖啡馆、中世纪古城、滑雪场，三两好友结伴出游，开着车享受沿途的雪山溪流风光，或散步，或远足，俯瞰大自然，欣赏精巧别致的小村庄，使得这里成为西法两国人民的后花园。

安道尔城非常繁华，山脚下就是各种店铺，几乎囊括了你想要的一切。

颠沛流离
的美丽

这里又是宁静的，瓦利拉河顺着天然河道蜿蜒流进城内，伴着潺潺的水声，可体会到大自然的韵律。旅馆建在背靠大雪山的半山腰，推开窗户，与山水不期而遇。时尚与古朴，现代文明与自然风光的完美结合。

1、2、7 月是商店的清仓期，每到这个时候勤俭持家的欧洲各国居民蜂拥而至，把看中许久的东西搬回家。这里的免税商品价格便宜得超出我的想象，在欧洲其他国家即使退税之后的价格也远不及这里便宜，据说能低到国外商品的出厂价。在瑞士，我曾抗拒不了帅哥营业员的三寸不烂之舌买了一块手表，此刻很悲催地发现一模一样的东西在这里便宜 20%，让我瞬间受伤。

比利牛斯山白雪皑皑，山谷里的草木却没有尽皆枯萎，南欧的气候使得这里蓝天清澈，阳光灿烂，微风习习，景色如画，一切的一切都醉人心扉。安道尔南边的小镇还保留着中世纪欧洲的样子，古城的路上铺满鹅卵石，12 世纪的教堂高高耸立，山谷下石屋前还能体味到贵族官邸的气息。

安道尔城长期与世隔离，因而比其他欧洲国家保留了更多的中世纪风貌。有趣的是，这里的房屋屋顶大多为黑色，由板岩或花岗岩制成。这种材料制成的屋顶在下雪时让雪水无法聚积，从而减轻屋顶承受的重量，以免屋顶坍塌。

和之前去过的列支敦士登一样，这个国家没有军队，只有寥寥可数的 10 多个警察。国家无税务机构，无自己的货币，也没有大学，甚至没有航空和铁路运输，其防务由法国和西班牙负责。

要成为安道尔人可不容易，这里有着严格的户籍制度，即只允许父母双方均为安道尔公民的子女才能加入安道尔国籍，以保证血统的纯正。安道尔是查理曼帝国现存于世的最后一块仍有人居住的地方，它是 9 世纪查理曼帝国为防范摩尔人的骚扰而在西班牙边境地带建立起的小缓冲国，此后数百年里，西、法两国争夺安道尔的冲突频频发生。直到 1993 年安道尔全民公决通过了新宪法，成为一个主权国家。安道尔被评为世界上国民预期寿命最长的国家之一。

欧洲
南北东西
乱串

26

匈牙利 ▬
多瑙河边淡淡的哀愁

冬日的布达佩斯，没有太多游客，但让我眼前一亮，那种低调的华美，不是惊艳，不是热烈，凝结于平淡之中，白天纯真秀美大气端庄，夜晚则浪漫迷人流光溢彩。

蓝色的多瑙河穿城而过，蜿蜒远去。流淌千年的多瑙河沉淀了多少故事，而让我停下脚步的却是鞋子。

在多瑙河边漫步，迎着阳光朝链子桥走去，晨曦的阳光下投映出一个个游人的剪影，他们在河边张望，似乎在寻找什么东西。我看到了，是鞋，有很多双。我的心突然震动了一下，空气顿时凝固下来。

一个多月前在波兰的奥斯威辛集中营看过几百万犹太人被屠杀后的遗物，我难过了好几天。如今再次目睹与犹太人大屠杀有关的场景，心情再次低沉下来。

这是一双双鞋子的雕像，模仿真鞋雕刻而成，这些鞋子的主人正是犹太人。二战期间匈牙利纳粹组织箭十字军把犹太人赶到河边，站成一排，在当时皮鞋是很值钱的东西，这些犹太人在被害前被强令脱下鞋子，枪决后尸体直接扔进多瑙河。匈牙利曾有100多万犹太人，二战期间有90%死于大屠杀，有60万人被扔进多瑙河。

为了记住这段历史，匈牙利雕塑家保乌埃尔创作了多瑙河边的铁鞋雕塑。这组雕塑就在国会大厦附近，铁鞋尺寸与真鞋一样，男人的、女人的、孩子的……

从东欧走来，一路都是犹太人被屠杀的故事，波兰、立陶宛、匈牙利，

颠沛流离
的美丽

还有更多的地方我没有走过。

善于经商的犹太人移民欧洲几百年之后，基本掌控了欧洲的经济命脉和众多的银行，同时在经济、科学和艺术等方面涌现出一大批杰出的人才，诺贝尔奖得主中犹太人所占的比例远高于其他民族。"木秀于林，风必摧之。"欧洲很多国家对犹太人恨之入骨，在二战期间犹太人遭到前所未有的种族清洗，其中德国屠杀了 600 多万在欧洲的犹太人。对于一个人口数量本就不多的欧洲来说，600 万这个数字意味着什么？"灾难""恐怖""不幸"，这些词汇都难以形容这场野蛮的浩劫。

我发现不久前这些鞋子里被插入了几枝鲜花，在日晒雨淋中花朵已经开始枯萎。这也许是死难者的后人为先辈献上，也许是犹太人为自己的民族悲哀祭奠，也许只是个路人为了表达心中的一丝悲伤。

我在河边站立许久，在布达佩斯这片繁华的背后，有多少血和泪，多少暴虐和屠戮，多少野蛮和丑陋，才换得这片西方的现代社会，可以高喊民主和人权，可以自诩文明和优雅。

▲ 链子桥的夜景

颠沛流离
的美丽

走过链子桥，拾级而上就到了匈牙利总统府。如果不是正好赶上换岗仪式，我决不会把这座最普通不过的建筑和"总统"联系起来。欧洲就是这样，大多数国家的总统府是平民和游客可以亲近的地方。

每天大量的游客穿梭在总统府前，不知道这里的政府官员是否会为自身的安全而担忧呢？如此的开放，布达佩斯向世人展示着它此刻的包容与自信。鞋子雕像与总统府一水之隔，美丽与哀愁尽在这蓝色多瑙河中流淌。

多瑙河流经欧洲好几个国家，而最幽美的这段风景在匈牙利的布达佩斯。这是由布达和佩斯两座小城合并而成的一个城市，依山而建，群山环绕，多瑙河从西北径直流向东南，8座别具特色的铁桥飞架其上，一条地铁隧道横卧其底，虎踞龙盘，匈牙利历代皇朝均在此建都。

傍晚时分，登上城堡山一览夕阳下佩斯的绮丽风光，或岸边觅一方青石，坐看红霞满天。暮色四合，华灯初上，天边的浮云已渐暗，幽暗沉寂的多瑙河两岸刹那间绽放出艳丽的色彩，美得让人瞠目结舌。

夜色中最令人着迷的当属城堡山上的渔夫堡。夜晚的渔夫堡在灯光的照射下仿佛童话中王子与公主在一起幸福生活的王国，散发着浪漫的光芒，美轮美奂，几乎让人忘了这里曾是中世纪的防御工事。

冬日的布达佩斯，如同一个婉约的冷美人，默默地守着一份平静。我的心，也越来越平静。

27

斯洛伐克 🇸🇰
火车上的梦想

在欧洲坐火车的舒适程度远胜坐飞机，因此火车票的价格经常比机票还贵。车厢干净宽敞，位子随便坐，往靠窗的安静角落里一扎，看窗外风景如画，那一刻心会变得特别沉静。

火车是从布达佩斯开往布拉格的，我在中途一个叫"布拉迪斯拉发"的地方下车，那是斯洛伐克的首都。

欧洲的火车并不对号入座，车厢划分不同等级，在这个等级范围内的座位随便坐，我往往会挑到好的位置，对着窗外发呆。这次终于运气用尽，我夹坐在两个胖子之间，挪动一下屁股都很费劲。

我奋力把28寸30多公斤的行李扛到行李架上，强大的气场让左右两个胖子刮目相看。记得职场上有句话："把女人当男人用，把男人当牲口用。"这趟旅行我不仅把自己当女汉子，简直是当牲口用，拖扛拎背，闪转腾挪，风风火火，"苦不苦，想想长征二万五"。

火车走走停停，无数次的查票让我恨不得把车票贴在车厢门上。对面一个中东模样的小伙儿在第三次掏包取票之后，顺便拿出了一个本子、一支笔，旁若无人地作起画来。

小伙儿立马成了所有无聊人们的焦点，我们两排对着坐，一共六个人，其他几个人开始七嘴八舌地讨论起他的画。那是一幅幅线条流畅、棱角分明的漫画，能看得出作画者心中充满了卡通式的幻想。

"我叫桑觉加尔，来自伊朗，我来欧洲是为寻找我的艺术梦的。"

他让我想起了很多次在街头看到的绘画艺人，给路人画头像，赚取微薄

▼ 我在火车上欣赏桑觉加尔的漫画

的生活费，清苦地维持生计，也许哪天会遇到一个贵人，赏识自己的才华，从此千里马遇到伯乐。

比起在波兰给我作画的那个漫画家，桑觉加尔的画已经难入我的眼，出于中国人的礼仪我还是客气地说："很漂亮，很有想象力。"

廉价的格子衬衫透露出桑觉加尔生活的艰辛，清澈的眼神里渴望得到别人的认同和肯定，当我们夸他的画漂亮的时候他显得特别开心。我想他缺乏自信心，如果是一个心藏锦绣的艺术家，就不需要靠路人的肯定来证明自己的价值。

做人何尝不是如此，只有苍白的自卑，才需要陌生人的赞美。

桑觉加尔的终点站是布拉格，那个艺术的聚集地相对巴黎来说生活的成本会低许多，查理大桥上永远会集着一群民间作画者，也许过两天我能在桥上再次看到他。

我好奇是什么力量支撑着他在欧洲做一个流浪画家，快乐地颠沛流离。欧洲有很多这样的人，他们的生活清贫、简单，却快乐。

在尚未成熟的年龄，我也曾自大地嘲笑别人；在不懂感情的青春，我也曾傲慢地鄙视他人。随着年龄和阅历的增长，走过越来越多的世界，见过越来越多的人生，我开始尊重每一个追求过、奋斗过的人，无论他们成功了还是失败了；我开始崇敬造物主奉献给这个世界的每一个生命，无论它多么灿烂辉煌或者微不足道。

旅途的每一处风景都有无数的生命，各自演绎着痛苦与欢乐、绚丽与平淡的精彩传奇。

火车很快到了布拉迪斯拉发，我重复着这三个月每天都要干的事情：相遇和告别。这一路不知道要跟多少城市说再见，不知道要跟多少人谈离别，有些离别波澜不惊，有些离别依依不舍，有些离别从此怀念。我怀念在萨拉热窝相遇的海，怀念为我作画的乔安娜，怀念空儿家米饭的香味，怀念萨尔茨堡吃火锅侃大山的姗姗，怀念挤出几个小时给我送点心的冰糕，怀念一起走在自驾路上的 Chimi，怀念旅途中每一个相遇相随的人。

布拉迪斯拉发小得可怜，和奥地利与匈牙利接壤，是世界上唯一一个与其他两个国家接壤的首都。斯洛伐克面积不到 5 万平方公里，却是世界上城

颠沛流离
的美丽

斯洛伐克首都布拉迪斯拉发

堡数量最多的国家之一，每座城堡都有着它的传奇故事，这个国家是多么骄傲于它的文化底蕴，虔诚于对历史古迹的尊重。但世人只记得：在世界杯上它把卫冕冠军意大利人踢回家。

正值周日，街头冷清，行人稀少。阴沉的天空映衬得多瑙河黑压压的，我站在冷风飕飕的多瑙河边，心事重重地想着自己的未来。城里已是白雪皑皑，到处可见商家小贩戴起了圣诞帽，街头也竖起了圣诞树。原来，圣诞节即将来临，恍如隔世。

背着吉他 去旅行

回国的机票从布拉格启程，为什么要把离别选择在布拉格，我想离开欧洲时的记忆要如同这个城市般色彩斑斓，那就带着鲜活离开吧。

火车从斯洛伐克一路北行，驶向遥远的地平线，冬雨模糊了玻璃窗外的景致，洗涤了喧嚣却洗不去这三个月生动的记忆。

从罗马尼亚的火车开始，到捷克的火车结束，我在欧洲地图上了画了个圈。走过战争与安宁、繁华与衰落，阅尽百转千回与生死枯荣，看遍悲欢离合与阴晴圆缺，留在心中的是久久的感动。

从巴尔干半岛灿烂的夏天，走到亚得里亚海明丽的秋天，进入北欧寒冷的冬天，飞到地中海温暖的夏天，闯进阿尔卑斯山白雪皑皑的冬天，奔向西南欧蓝天白云的秋天，最后又回到了东欧阴郁萧瑟的冬天，季节在这90天里不停变幻，我迎接着每一处的惊喜。

这趟驶向布拉格的火车上，我又忘了拿放在座位下的雨伞。跟以往一样，在离开欧洲时总要丢下雨伞，然后淋着雨旅行。

12月的冬雨没有欢快的情调，冰冰凉凉，丝丝滑滑，像是裹在巨大的帷幔里，浪漫、童真、忧郁，每种情绪都酝酿着自己的故事。

布拉格幽深的巷子拂不尽历史的尘埃，这里最不缺的就是故事。100年前的卡夫卡还只是一位银行小职员，就住在这条叫作"黄金巷"的小巷里，

并在此默默完成了蜚声世界而当时不为人知的作品。这个门牌号为 22 的房子如今已成为每个布拉格旅行者的必来之地。

卡夫卡的黑色幽默被他自己诠释为一种生命燃烧的过程，我靠在小巷的墙角遥想他曾在此度过一段怎样安静沉默的时光，我需要这样的沉默。

在东拐西拐的小巷深处我找到一家民宿。一个很有经商头脑的捷克小青年，把自己家的房子装成了家庭旅馆，那风格，就如同童话里的小屋。

在集体宿舍里找到我的床位，对面的床铺上挂着一把大大的吉他，吉他套上绣着的国旗代表曾经去过的国家：意大利、英国、克罗地亚、西班牙、波黑，显示着它的主人浪漫的心思。

这吉他让我想起了曾在克罗地亚遇到的那个加拿大姑娘，独自一人背着吉他环游欧洲。眼前这把吉他属于一个德国姑娘，她同样一个人身背吉他流浪欧洲。我发现欧美国家的姑娘独自去旅行大多背吉他，而我一个中国姑娘独自旅行背的是电饭锅，我把这个归结为中西方文化差异。

旅馆里住客不多，晚饭后德国姑娘抱着她的吉他在客厅的沙发上弹起轻柔的曲调。黯然拨动的琴弦，好似无数往事涌上心头，青春的烙印，有苦涩也有甘甜。独自一人远行，总要有支撑着前进的力量，也许是途中美丽的风景，也许是擦肩而过的路人，唯一不离不弃的只有这怀中的音乐。

拿了两瓶啤酒去搭讪，很快我们就对着瓶子喝起来。现在我的酒量越来越好，一高兴就想喝酒，越来越奔放随性，而骨子里还存留着中国人的保守与传统，使得我在国内被视为前卫古怪，在这里被视为腼腆无趣。

有啤酒，有音乐，有旅行，有朋友，汇聚在童话世界里的布拉格，此情此景怎能不让人心醉，怎能让我舍得结束这场华丽的冒险。三个月时光，不过弹指一挥间，经历的场景历历在目，化成心中久久的感动，不愿闭幕。

几分醉意之后，吉他姑娘跟我唠叨起她的情史：大学毕业后进入德国一家制造型企业，相恋多年的男友去了法国工作，爱情最终在距离中淡去，他们平静地分手了。日复一日的工作让她总感觉生活缺少点什么，三个月前她辞职，带着她的吉他出来旅行，走走停停，今天不知道自己明天在哪里。

无论你选择什么样的生活，在路上总能遇到同类之人。即使没有，你还有你自己。孤独从来都是自找的，当你拥有一颗温暖的心，全世界都会温暖起来。

以后的日子里，也许我会偶尔忆起布拉格的对酒当歌，想念那时的模样，想念一路的美好与坎坷。

▲ 布拉格皇宫

最后一眼

　　布拉格，这座城市有着罗马的厚重与巴黎的浪漫，斑斓的城市色彩使得布拉格犹如童话世界，一不小心就跌入中世纪欧洲的时空。

　　布拉格是波希米亚王国的首都，查理四世时成为神圣罗马帝国的京城，而后又成为整个中欧的金融中心。查理一心要将布拉格建成世界上最美丽的城市，他将石板路铺满布拉格的每个角落，建造了精美无比的查理大桥，兴建了最为显赫的哥特式大教堂。布拉格注定不平凡，注定繁荣如璀璨银河。

　　这座从中世纪开始就历经雨雪风霜的历史名城，捷克人的智慧让它在二战中得以完整地保留下来，波希米亚人用独特的方式浪漫着自己的前世今生。

　　尼采曾说："当我想以一个词来表达音乐时，我找到了维也纳；而当我想以一个词来表达神秘时，我只想到了布拉格。"流浪、忧伤、街头艺人、哥特、巴洛克、洛可可，是不是这一切都属于布拉格？是不是没有一个词可以完整地形容心中的布拉格？也许，只有来过了，感受了，才能知道。

249

250

▲ 查理大桥

　　踩着光滑的石板路，厚实又沉重，透过中世纪建筑上精美的玻璃窗，能看到古典的书店，传统的邮局，剧场里的木偶剧正在上演，而道路尽头是一家咖啡馆，主人正在擦拭着光亮的器具，店里回荡着东欧风情的歌曲，我忍不住停下了脚步。

　　一杯咖啡就是一个下午，音响里悠扬的女声唱着重逢与别离，店老板随歌声微微扭着他肥大的屁股，他比画着问我要不要尝尝他们自己家做的小点心，指尖上是长年烟熏的黄色。

　　查理大桥，洗尽尘世铅华，以一种静谧的姿态迎候着喧嚣的人群。站在桥上从哪个角度望过去都像是童话里的仙境，无论是阳光洒落还是阴云衬托，伏尔塔瓦河上的三座桥就如绝美天地画卷里的点睛之笔，没有华丽的修饰却让人的目光不愿离去。

大桥上的民间艺术家们拿着画笔，为来往的人写生，配上布拉格的色彩。桥上的雕像栩栩如生，诉说着背后的故事，我不知道这些雕像的含意，更愿意把它们理解为一种长久的守候。

　一张地图带着我走遍了布拉格的每个角落。金色的塔尖、红色的屋顶、哥特式的教堂、黄昏的广场、彩绘的玻璃窗……即使没有罗马许愿池那样扔硬币的地方，我也要许个愿等着再回布拉格。

在布拉格漫步，才体会出什么才是诗情画意。伏尔塔瓦河上隐约可以听到斯美塔那谱写的美妙乐章，黄金巷里卡夫卡书桌前还依稀亮着灯光。路过古朴的煤油街灯，经过小酒铺里炼金士的塑像，偶尔在橱窗前停留，看施华洛世奇水晶的奢华，看木偶的精致，还是黄昏下的那一抹金色。这厢刚刚拐过名牌店林立的街角，那厢就一头扎进狭促的鹅卵石小巷。小巷的尽头是广场，年轻情侣在热吻，老人在长凳上享受阳光，几个孩子嘻嘻哈哈地奔向远方，身边的电车叮叮咚咚轧过铁轨，小广场旁的咖啡馆飘来乳酪蛋糕的醇香。

顺着耳边欢乐又庄重的钟声，我的脚步停留在教堂华丽的天文钟下。天文钟最古老的部分，机械钟和天文日晷的时期可以追溯到 1410 年，天文钟面代表太阳和月亮在天空中的方位，显示各种天文信息：上方的圆盘外圈是 24 小时，里圈则代表着日夜；下方的圆盘中央是布拉格的市徽，外圈则是 12 星座。"行走的使徒"每小时显示使徒和其他移动雕塑，下部的日历盘代表月份。每到整点时，圆盘上方的窗户就会打开，耶稣的 12 门徒伴着钟声随之现身。

当鸡鸣和钟响结束，人群沸腾，热烈欢呼，掌声久久回荡在广场上。那一刻，我深深地感动了。欧洲艺术的伟大不是放在陈列室里，而是体现在平凡的生活之中，人们对自己历史文化的骄傲和敬仰无处不在。

欢呼之后，人群慢慢散去，我却舍不得离开，一种曲终人散的落寞悄然泛起。一场华丽的盛宴就要落幕，我的旅程终将在这里画上句号，一切仿佛做了一场梦，一场刻骨铭心的梦。

12 个小时后我踏上了回国的飞机，从舷窗里最后看了一眼欧洲的模样，布拉格成了最后的记忆。飞行似乎没有尽头，我仔细地凝视着我们这个星球，它是如此浩瀚广阔，包容万千，这里的每一种生活都可以浪漫而自由。

254

▲ 布拉格钟楼与天文钟

▼ 布拉格广场

▲ 旅行所带的行李箱，出发时 20 公斤，旅途中最重时达 40 多公斤，我的锅碗瓢盆都装在里面

颠沛流离
的美丽

后记

　　行者是孤独的，一个人的奔波，时间长了，孤独就成为一种习惯，渐渐淡忘了欢喜忧愁；行者又是充实的，心中装着世界的纷纷扰扰，让人沉醉的美景，生动有趣的路人，经历的悲喜故事，命运的开悟在心中默默沉淀。

　　旅途中，总有人离开，也总有人到来，世界不会为你改变什么，最终只是你在自己的舞台，演绎人生如梦，梦里依稀曾年少，醒来方觉已白头。

　　在传说中世界末日的前一天，我回到阔别三个月的北京，一切如旧，感觉从未远离。明天会是世界末日吗？若是末日，那么我算是落叶归根，淡然地迎接那盛大的一天。

　　90天的旅程，洗一洗身体和灵魂，给自己换一种新的眼光，甚至一种生活方式，为生命多增加一个可能的枝杈。

　　在罗马尼亚搭车带我游玩的老头儿老太太因为我半年后来到了中国；在萨拉热窝认识的记者海，回国后我们成了好朋友，我从

▼ 在火车上，我喜欢坐在靠窗的位置，拿出所带的笔记本电脑，写旅行日记

258

带着电饭锅去旅行，我不仅用电饭锅煮饭、炒菜，还用它下火锅

在欧洲旅行我尽量住民宿，有家的感觉，又能和当地人很好交流。
这间民宿14欧（110元人民币）一晚，带独立洗手间

259

到了民宿落脚后，我会把行李箱里的东西翻出来，一片狼藉，惨不忍睹

他身上学到了另一种人生态度；斯雷布雷尼察大屠杀的幸存者在几个月后和他女朋友结婚了，带着时代背景的爱情会更加深刻；在傻子堡一起吃火锅的姑娘，让我了解到更多欧洲人对音乐的诠释；波兰的漫画家为我作的旅途漫画，将在她的个人画展上展出；在塔林遇到的买房的澳洲人，让我知道了欧洲"买房送申根居留"的政策，研究起欧洲可能的商机；在芬兰一起包饺子卖的故友，成了日后的商业合作伙伴；瑞士的朋友让我看到了家的安定，简单过日子的幸福；走过战争后已千疮百孔的萨拉热窝，让我满足于能活着就好；大特尔诺沃山谷里欢笑的中学生，科特尔古城恬美俏丽的女店家，阿尔卑斯山顶威风凛凛的老爷爷，布拉格小巷里撒欢的小孩子，马耳他海边步履蹒跚的老太太，还有科索沃人民傻傻的微笑，在我的一回眸间都已经定格。

28 个国家，领略了南欧的贫穷与安宁，北欧的富裕与寂寞，东欧的风景如画，还有西欧的精致与伟大。曾多少次想象过欧洲的模样，90 天之后，留在心里的印象可能只是农妇家奶酪的香味，年月悠久的石板路上被磨得圆润而光滑的颜色，破旧的教堂里暖暖的钟声，或是墓地里泪眼婆娑的追忆。这样的模样，也许更加朴素和安详。

我来到欧洲的时候是夏天，万紫千红，阳光刺眼；我离开欧洲的时候是冬天，落英缤纷，静素安宁。人生的风景，本就在生命的繁华与落寂间转换，又安享一份静谧与坦然。曾以为想要的幸福在遥远的彼岸，原来幸福就淹没在身边这似水流年里，从未远离。

如今，我的足迹已经遍布世界 40 多个国家，旅行已经成为我生命的一部分，对于我自己选择的人生，我从不后悔。如果世界是一幅画卷，那么任何人都不可能是多余的色彩，你一定有存在的理由。

无论自己将来手捧何种人生剧本，我将淡定从容，无所畏惧。

回国后，继续苦心经营自己的小生意，我相信每一个看似低洼的起点，都是通往高峰的必经之路。累了，就飞到地中海，找个背靠大山的海边小镇，看书，喝酒，逛市场，买菜，做饭，聊聊天。

在路上，我把豪气化作了宽容，把棱角磨成了圆弧，把好强变成了朴素，这是独立，是成长。

尘世间什么东西最终都会离我而去，除了记忆。

颠沛流离
的美丽